슬픔은
날개 달린 것

GRIEF IS THE THING WITH FEATHERS
by Max Porter

이 도서의 국립중앙도서관 출판예정도서목록(CIP)은
서지정보유통지원시스템 홈페이지(http://seoji.nl.go.kr)와
국가자료공동목록시스템(http://www.nl.go.kr/kolisnet)에서 이용하실 수 있습니다.
(CIP제어번호: CIP2020003810)

슬픔은
날개 달린 것

맥스 포터 장편소설

황유원 옮김

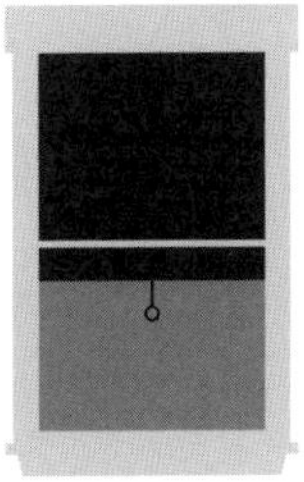

GRIEF
IS
THE
THING
WITH
FEATHERS

MAX
PORTER

문학동네

일러두기

1. 주석은 모두 옮긴이주다.

2. 본문 중 고딕체는 원서에서 이탤릭체나 대문자로 강조한 부분이다.

롤리에게

~~사랑은~~ 까마귀는 이 세상의 모든 것,

그것이 우리가 ~~사랑~~ 까마귀에 대해 아는 전부;

그것은 충분해, 실린 ~~짐~~ 까마귀의 무게는

~~바퀴자국이~~ 까마귀가 말해주겠지.

에밀리 디킨슨

차례

| 1부 |

지난밤을 조금이라도

아이들

베개에 깃털이 떨어져 있어요.

베개는 깃털로 만든 거잖니, 가서 자렴.

커다랗고 시커먼 깃털인데.

그럼 아빠 침대로 와서 자렴.

아빠 베개에도 깃털이 떨어져 있네요.

그럼 깃털은 그냥 거기 두고 바닥에서 자자.

아빠

그녀가 세상을 뜬 지 사오일 정도 지났을 때, 나는 거실에 홀로 앉아 무엇을 하면 좋을지 생각하고 있었다. 이리저리 서성이며 충격이 가시길, 체계적으로 조작된 나의 일상 속에서 모종의 구조화된 감정이 모습을 드러내길 기다리고 있었다. 불쾌한 공허감이 들었다. 아이들은 잠들어 있었다. 나는 술을 마셨다. 창가에서 담배 몇 개비를 말아 피웠다. 그녀가 떠남으로써 빚어진 가장 주요한 결과는 아마 내가 영영 이렇게 뒷바라지를 하는 사람, 상투적인 감사의 말을 주고받으며 이렇게 목록을 작성하는 상인 같은 사람, 엄마 없는 어린아이들을 위해 기계처럼 일상을 설계하는 사람이 되고 마는 것이라고 느꼈다. 슬픔이 사차원적으로, 추상적으로, 어렴풋이 친숙하게 느껴졌다. 추웠다.

나의 곁에 머무르며 친절을 베풀던 친구들과 가족들은 다들 집으로, 그들의 일상으로 돌아갔다. 아이들이 잠자리에 들자 이 아파트는 아무 의미도 지니지 못했다. 움직이는 건 아무것도 없었다.

초인종이 울렸고 나는 또다른 친절함을 맞이할 준비를 했다. 또 라자냐거나, 몇 권의 책, 포옹, 작은 냄비에 담긴 아이들용 인스턴트 음식 같은 것이겠지. 당연하게도, 나는 줄줄이 찾아오는 애도객들을 대처하는 데 전문가가 되어가고 있었다. 사건의 중심에 있다보면, 기이하게도 다른 모든 이들에 대한 인류학적 지각을 얻게 된다. 슬픔에 압도된 사람들, 애도를 가장하는 사람들, 지금껏 아무 사이도 아니었던 사람들, 너무 오래 머무는 사람들, 아내가, 내가, 그리고 아이들이 새로 사귄 친한 친구들에 대해서. 아직까지도 대체 누구였는지 알아처먹을 수 없는 사람들에 대해서도. 지구가 두꺼운 띠를 이룬 우주 쓰레기에 둘러싸인 그 놀라운 사진, 바로 그 사진 속 지구라도 된 듯한 기분이었다. 죽은 아내에 대한 다른 사람들의 애도 행위, 뒤엉킨 끈과도 같은 그 꿈이 옅어져서 내가 다시 검은 우주 공간을 조금이라도 볼 수 있으려면 수년은 걸릴 것 같다는 기분이 들었고, 당연하게도 이런 생각은—두말할 것도 없이—내게 죄책감을 불러일으켰다. 하지만 난, 나 자신을 옹호하며, 모든 게 변했고 그녀도 세상을 떠났으니 내가 무엇을 생각하든 그건 내 자유라고 생각했다. 그녀도 동의할 것이다. 우린 늘 과도하게 분석적이었고, 냉소적이었으며, 어쩌면 불성실하고 어리둥절해하는 사람들이었으니까. 선의를 지닌 채 사후死後 디너파티에 참석한 년들. 위선

자들. 친구들.

다시 초인종이 울렸다.

나는 카펫이 깔린 계단을 내려가 차가운 복도를 지나 현관문을 열었다.

바깥에는 가로등 불빛도, 쓰레기통이나 포석鋪石도 없었다. 어떤 형체나 빛도, 그 어떤 형상도 없이, 오직 악취만 진동할 뿐.

쿵 하고 휙 하는 소리와 함께, 나는 숨이 턱 막힌 채로 현관 계단에 나자빠졌다. 복도는 칠흑같이 어두웠고 지독하게 추웠고 나는 생각했다, '오늘밤 내가 내 집에서 강도를 당한다면, 대체 이건 어떻게 돼먹은 세상인 거지?' 그리고 또 생각하길, '하지만 솔직히 무슨 상관이람?' 그리고 생각하길, '제발 아이들만 깨우지 마, 걔들은 좀 자야 하니까. 아이들만 깨우지 않는다면 내가 가진 돈이란 돈은 마지막 동전 하나까지 모두 털어 드리지.'

눈을 뜨니 여전히 어두웠고 온통 탁탁 치는 소리와 바스락바스락하는 소리뿐이었다.

깃털들.

부패의 냄새, 이제 막 상하기 시작한 음식, 이끼, 가죽, 이스트에서 나는 달콤한 모피 냄새 같은 악취가 진동했다.

내 손가락 사이에, 눈에, 입에도 깃털이 있었고, 내 몸 아래에서는 깃털로 된 해먹이 나를 타일 바닥 위로 1피트 정도 들어올렸다.

내 얼굴만큼이나 크고 새까맣게 빛나는 눈알 하나가, 가죽처럼 주름진 안와眼窩 속에서, 축구공 크기만한 고환처럼 불룩하게 부풀어오른 채 천천히 깜빡이고 있었다.

쉬이이이이이이이이이이이.

쉬이이이이이.

그리고 그는 이렇게 말했다:

네가 더는 나를 필요로 하지 않을 때까지 나는 떠나지 않을 거야.

날 내려줘, 나는 말했다.

안녕이라고 말해주기 전까진 안 돼.

날. 내려. 줘, 나는 까악거리며 말했고, 내 오줌은 그의 날개로 된 요람을 따뜻하게 적셨다.

겁먹었구나. 그냥 안녕이라고만 해.

안녕.

제대로 말하라고.

나는 체념한 채 드러누워 아내가 죽지 않았더라면 하고 바랐다. 내 집 복도에서 거대한 새의 품안에 드러누워 겁에 질려 있지 않았더라면 하고 바랐다. 하필이면 내 생애 가장 큰 비극이 일어났을 때 내가 이것에 사로잡힌 상태가 아니었더라면 하고 바랐다. 그것은 진심을 담은 간절한 바람이었다. 그것은 쓰라릴

만큼 훌륭했다. 정신이 좀 맑아졌다.

안녕, 까마귀야, 나는 말했다. 드디어 만나게 되어 반갑구나.

*

그리고 까마귀는 사라졌다.

나는 며칠 만에 처음으로 잠이 들었다. 숲속에서 보내는 오후에 대한 꿈을 꿨다.

까마귀

우리의 첫 만남, 정말 로맨틱했지. 아주 짓궂었어. 타닥타닥. 침실 두 개짜리 아파트, 복층 구조, 조금 망가진 철조망, 벽을 통해 안으로 쉽게 숨어들어 다락방 침실로 올라가서는 그 솜털 같은 아이들이 조용히 잠들어 있는 걸 봤지, 순결한 아이들의 도취될 듯한 콧소리, 보풀, 펄럭, 훌럭-쿨럭-털썩, 방 전체에 무거운 애도의 기운이 감돌았어, 겉으로 드러난 모든 표면에 죽은 엄마가 자리해 있었고, 모든 크레용, 트랙터, 코트, 장화마다 슬픔의 얇은 막이 덮여 있었지. 죽은 엄마 계단을 통해 아래층으로 내려가자, 구부러진 발톱이 통 통 속삭였고, 최근까지만 해도 엄마와 아빠의 침실이었던 아빠의 침실로 내려가자, 나는 사냥꾼 헌* 이었지만 뿔은 없었다네, 문둥이. 깜둥이. 여기 그가 있군. 나가 떨어졌어. 술 취한 백인. 나는 그에게로 몸을 숙여 그가 내뱉는 숨냄새를 맡았어. 썩은 고슴도치, 검정파리 냄새. 나는 그의 입을 비틀어 열고 뼈의 개수를 헤아리고, 양치 안 한 이빨 사이에 낀 음식물로 요기를 조금 하고, 치실질을 해주고, 까마귀답게 그

* 영국의 전설 속 망령으로, 윈저 숲을 배회하며 사슴뿔을 달고 있다고 한다.

의 혀를 이리 한 번, 저리 한 번 뒤척이고는 이불을 들어올렸지. 나는 그에게 에스키모 키스*를 해주었고, 나비 키스**를 해주었고, 날개를 펄럭이며 '제니 렌'*** 키스를 해주었어. 그의 (발가락 사이의 때 같은) 솜털로 뒤덮인 불알 두 쪽은 슬프고 아늑했고, 축 처져 있는가 싶더니, 부드럽게 솟아올랐다가, 다시 가라앉았고, 솟아올랐다가, 다시 가라앉았고, 솟아올랐다가, 다시 가라앉았고, 내가 그것이 쉬는 숨 속에서 기도하고 있을 때 불알의 표피가 "살갗, 아아, 살갗, 아아, 살갗, 아아" 하고 속삭였고, (마치 나처럼) 솟아올랐다가 (마치 나처럼) 다시 가라앉았다가 (마치 나처럼) 납작한 냄비 모양이 되는 것은 아름다워 보였는데, 내가 이불 아래로 들어왔는데도 그를 벌떡 일으키지 못했다는 건 놀라운 일이어서, 악취, 웩-꿱-퀙, 일어나라 인간아 (새 깃털이 니 엉덩골 위에, 니 좆구멍 아래에, 니 입안에 있는데) 하지만 그는 계속 잤고 침실은 음침하고 커다란 무덤 같았지. 그는 뜻하지 않게 남겨진 생존자였고, 나는 이것이 최고의 임무, 진짜 재미난 일이란 걸 알았어. 나는 발톱을 그의 눈알 위에 올려놓고선 재미로, 혹은 자비를 베푸는 마음으로 그걸 후벼파버릴지 말지 곰곰이

---

* 에스키모들은 서로의 입술이 달라붙어 얼지 않도록 서로 코를 비비며 키스한다.

** 눈을 깜박여 속눈썹으로 상대방의 얼굴을 쓰다듬는 것.

*** 주로 어린아이들이 굴뚝새를 부르는 속칭.

생각했지. 나는 관모冠毛에서 시커먼 깃털을 하나 뽑아다가 그의 이마 위에 올려놓았어. 이마, 그 안쪽에 든 것을, 위해.

기념품으로 삼으라고, 경고로 삼으라고, 아침에 일어나 지난밤을 조금이라도 기억하라고.

아침에도 계속될 애도에 약간의 휴식이 되라고.

네게 생각해볼 무언가를 줄게, 나는 속삭였어. 그는 일어났지만 어둡고 깊은 트라우마로 인해 나를 보지 못했어.

꺼이이이이, 그가 꺽꺽거렸지.

꺼이이이이.

아빠

오늘 난 다시 작업에 복귀했다.

겨우 삼십 분쯤 해나가다 멍하니 딴생각에 빠져 낙서를 끄적거렸다.

내가 그린 것은 장례식 그림이었다. 모두가 까마귀 얼굴을 하고 있었다, 아이들만 제외하고.

까마귀

저것 좀 봐, 보라구, 내가 그랬나 안 그랬나, 어이, 이봐, 집어치워. 좋은 책, 우스꽝스러운 몸뚱이들, 문 열어, 문 쾅 닫아, 이건 뱉고, 저건 핥아, 들어올려, 어이, 이봐, 그만 관둬.

절호의 기회. 신경 꺼, 매일 저녁, 새벽녘, 전부 다 변해, 이것도 다 고기, 저것도 다 고기, 악취는 분리시켜. 내가 그랬나 안 그랬나, 우우, 타맥으로 포장된 쇄석 도로. 먹을 수 있어, 끈적끈적 달라붙어, 위장僞裝이 형편없군.

날 돛대에 묶지 않으면 내 머리론 더이상 셈이 안 될 때까지 그녀를 쿵 쿵 박고 말 테야, 미안해요, 미안해요, 미안해요, 이봐! 절단된 손, 가시덤불숲, 성냥 상자, 이야기 상자, 오줌이 그리는 포물선, 훨씬 낫군, 몸을 그만 떨어야 해, 가만히 있어야만 해, 가마니가 되어야만 해.

어이, 이봐, 날 믿어. 내가 성 빈센트를 리스본으로 충실히 데리고 갔던가 아니던가,* 안전한 여행, 짐승의 간 조금, 쿵쿵, 섬유유연제, 가죽, 폭탄과 총알을 만들기 위해 녹인 철책들, 내가

* 성 빈센트는 리스본의 수호성인이다. 전설에 따르면, 포르투갈의 초대 군주인 아폰수 엔히케스 왕은 자신이 리스본을 정복하게 되면 그 대가로 성 빈센트의 유해를 영원히 지키겠노라 맹세한다. 리스본을 함락시킨 왕은 약속을 지키기 위해 부하들을 풀어 성 빈센트의 유해를 찾게 했고, 유골은 결국 알가르브의 어느 동굴에서 발견된다. 유골은 한 무리의 까마귀들이 지키고 있었다. 부하들은 유해를 싣고 까마귀떼를 태운 배를 몰고 리스본으로 돌아온다. 리스본을 상징하는 문장(紋章)에 배와 까마귀가 있는 것은 이 때문이다.

마귀할멈을 강 건너편으로 데려다줬던가 아니던가,* 지랄, 헛소리. 노래해 검은지빠귀야 자동으로 빌어먹을-겁쟁이-자식, 짓궂은, 예쁘장한 아이, 농담이야, 끼릭, 농담이야, 끼룩, 농담이야. 인내심.

나는 그를 의자에 앉히고 몸을 뒤로 젖힌 다음 그의 아내가 고통스럽게 죽어가던 바로 그 한 시간 동안의 이야기를 그의 목구멍 속으로 한 방울 한 방울씩 떨어뜨려줄 수도 있었어. 다른 새들이라면 그랬을 거야, 새들의 왕국에는 착한 놈도 나쁜 놈도 없지. 서둘러 일에 착수하는 게 좋겠어.

나는 치료 요법이 가진 힘을 믿어.

* 영국의 시인이자 아동문학가였던 테드 휴스(1930~1998)는 1997년에 시집 『까마귀』를 자신의 목소리로 녹음한 버전을 발표하면서 원작에 실린 작품들을 빼고 다른 시집에 있는 시들을 추가하는 등 변형을 가했다. 또한 그는 각 시들을 이어줄 연결 고리 역할을 하는 이야기를 군데군데 추가했는데, 이 부분은 그중 하나를 암시한다. 그 이야기 속에서 까마귀가 어느 마귀할멈을 강 건너편으로 데려다주자 마귀할멈은 곧 아름다운 여인으로 변한다.

아이들

우린 원격조종 자동차와 스탬프 세트를 가지고
노는 꼬맹이들이었지만 무슨 일이 벌어졌다는 건
알았다. 우린 "엄마 어디 있어요?" 하고 물을 때
아빠가 솔직하게 대답해주지 않는다는 것을 알았고,
심지어 아빠가 우리를 우리 방으로 데려가서는
침대에 앉아 자기 양옆으로 앉아보라고 말하기
전부터 뭔가가 변했다는 걸 알았다. 이제
새로운 삶이 시작되었고, 이제 아빠는 예전에
우리가 알던 아빠가 아니라는 사실을, 우리는
예전의 우리가 아니고 엄마 없이 살아가야 하는
용감한 아이들로 거듭났다는 사실을 짐작했고
이해했다. 그래서 아빠가 무슨 일이 일어난 건지
우리에게 말해줬을 때, 나의 형제는 어떻게
생각했는지 모르겠지만 나는 이런 생각이 들었다:

소방차는 어디 있는 거지? 이런 일이 벌어졌는데
왜 떠들썩한 소리 하나 없이 이렇게 조용한

거냐고? 굳이 도와주겠다고 외치며 나서서 야광으로 빛나는 비상용 장비를 우리에게 던져줄, 우리를 안정시키고 구출해주려는 낯선 이들은 어디 있는 거냔 말이야? 헬멧을 쓴 채 위기 상황임을 알리는 생소하고 극적인 말을 내뱉는 사람들이 있어야 마땅해. 이곳 아늑한 런던 아파트와는 완전히 이질적이고 어울리지 않는, 끔찍하리만치 시끄러운 소리가 들려와야 마땅해.

그곳에는 모여든 사람도, 유니폼을 입은 낯선 이들도, 위기 상황임을 알리는 생소한 말도 없었다. 우린 계속 파자마 차림이었고, 사람들은 찾아와 우리에게 뭔가를 주었다.

학교 가는 날이나 쉬는 날이나 아무 차이가 없게 돼버렸다.

까마귀

다른 판본들에서 나는 의사이거나 유령이었어. 완벽한 고안물이지: 의사, 유령 그리고 까마귀. 우린 다른 캐릭터들이 할 수 없는 일들을 할 수 있어. 이를테면 슬픔이나 아직 태어나지 않은 비밀을 먹어치우는 일, 언어 그리고 신과 연극풍의 싸움을 벌이는 일. 나는 친구, 변명, 데우스엑스마키나, 농담, 징후, 허구, 귀신, 목발, 장난감, 환영, 익살, 애널리스트, 베이비시터였어.

요컨대 나는 "가장 중심이 되는 새…… 모든 극단에 자리하는 새"*지. 나는 형판型板이야. 나도 그걸 알고, 그도 그걸 알지. 안으로 미끄러져들어갈 수 있는 신화. 몰래 들어가볼 수 있는 신화.

나는 어쩔 수 없이 내 입장을 옹호해야만 해. 내 입장이라는 게 좀 감상적인 것이라서 말이야. 너희는 너희의 탄생 비화, 너희의 생물학적 진실(실수였지), 너희의 죽음(보통 모기에 물려

---

* 테드 휴스가 1995년 봄에 〈파리 리뷰〉와 한 인터뷰에서 "까마귀는 많은 신화에서 가장 중심이 되는 새다. 까마귀는 모든 극단에 자리하며, 지구의 모든 땅 위에 사는 가장 영리한 새다"라고 말한 것에서 일부를 인용한 것이다.

서), 너희의 삶(기꺼이 부정되는 것)을 몰라. 난 너희 중 그 누구와도 부조리에 대해 논하고 싶지 않아. 유사 이래로 우리를 박해해온 너희와는. 애도하는 한 무리의 인간들에게 까마귀 한 마리가 무슨 소용이겠어? 혼잡.

맥박.

상처.

마개.

하품.

부담.

공백.

그래, 맞아. 난 새끼 토끼를 잡아먹고, 새 둥지를 약탈하고, 오물을 집어삼키고, 죽음을 속이고, 굶주린 노숙자를 조롱하고, 길을 잘못 알려주고, 엉터리 정보를 주지. 어이, 집어치워! 시간만 잔뜩 허비해버렸군.

하지만 난 정말로 신경이 쓰여. 인간들이란 슬픔에 빠져 있을 때를 빼면 별 재미가 없거든. 건강, 재난, 기근, 악행, 찬란한 것들 또는 정상적인 것들은 별로 내 흥미를 (나의! 흥미를) 끌지 못하지만 엄마 없는 아이들이라면 이야기가 다르지. 엄마 없는 아이들은 순수한 까마귀야. 나처럼 감상적인 새에게 그것은 숙성되고 진하고 그윽해서, 마치 새 둥지처럼 약탈하기에 아주 그만이야.

아빠

나는 살점이 떨어져나간 아내의 모습을 그렸다. 쫙 벌어지고 펼쳐져 실로폰 모양이 된 갈비뼈 위에 죽은 새들이 올라타 음악을 연주하고 있는 그림이었다.

까마귀

나는 회고록을 수백 번도 더 써봤어. 나 같은 거물은 그럴 필요가 있지. 나는 그게 당위적인 차원의 일이라고 믿어.

옛날 옛날에 피의 결혼식*이 열렸는데, 아들 까마귀는 어머니가 재혼을 해서 몹시 화가 났어. 그래서 그는 멀리 날아가버렸지. 그는 아버지를 찾으러 날아갔지만 그가 찾은 것이라곤 죽은 짐승의 썩은 고기뿐이었어. 그는 농부들을 친구로 사귀었고(그는 다른 새들을 농부들의 총부리 앞에 대령했어) 과학자들을 친구로 사귀었고(그는 여러 도구들로 침팬지도 부릴 수 없을 재주를 부렸어) 한두 명의 시인을 친구로 사귀었지. 그는 몇 차례나 자신이 아빠의 뼈를 발견했다고 생각했고, 가증스러운 참매를 바라보며 "여기 내 뿔까마귀 아빠의 잿빛 뼈가 있구나" 하고 울부짖었어. 하지만 다시 보면 그것은 늘 다른 까마귀의 시체였어. 우화 속에서 살아가는 데 지치고, 어떤 징조로서의 유명세를 떨치는 데 신물이 난 그는, 그리하여 깡충 뛰어올라 두 날개를 펴

---

* 테드 휴스는 에스파냐의 시인이자 극작가인 페데리코 가르시아 로르카의 희곡 『피의 결혼식』을 영어로 번역한 바 있다.

고 힘겹게 집으로 날아왔어. 여전히 결혼 피로연이 한창이었는데, 계단 아래 쓰레깃더미에서 그의 어머니와 몸을 비벼대고 있는 늙은 잿빛 까마귀는 다름 아닌 그의 아버지였지. 기분이 상하고 혼란에 휩싸인 아들 까마귀는 한창 몸부림을 치고 있는 부모를 향해 고함을 질렀어. 아버지는 소리 내어 웃었지. 까악. 까악. 까악. 넌 오랜 세월을 살아왔고 그러는 내내 계속 까마귀였는데, 그럼에도 여전히 농담을 받아넘길 줄 모르는구나.

아빠

부드러워.

가냘파.

빛처럼, 탤컴파우더를 발라주고 키스해준 아이의 발처럼, 결 반대 방향으로 쓰다듬어본 스웨이드 가죽처럼, 먼지처럼, 저린 손발의 따끔거림처럼, 약속처럼, 저주처럼, 씨앗처럼, 알맹이를 맺고 엮이고 이어진, 혹은 그 수를 헤아린 모든 것들처럼, 자연이 만들어낸 그 모든 난폭하고 고요한 것들처럼.

모든 게 완벽히 사라져버렸어. 이제 인내심도 전혀 남아 있지 않아.

아이들

어느 바위 사이의 작은 웅덩이에서 나와 내 형제는 작은 송사리 같은 걸 한 마리 발견했다. 우린 그 물고기를 죽이기로 했다. 우선 웅덩이에 조약돌을 던져봤지만 물고기가 너무 빨랐다. 그래서 이번에는 커다란 돌과 바위를 던져봤지만 물고기는 작은 틈 아래 있는 구석으로 숨거나 잽싸게 도망쳤다. 우린 인간 아이들이었고 물고기는 그저 물고기일 뿐이어서, 우린 그놈을 죽일 방법을 생각해냈다. 웅덩이를 돌로 가득 메워서 송사리 주위로 댐을 쌓으며 놈을 점점 좁은 곳으로 몰아넣었다. 이윽고 물고기는 좁은 감옥 같은 웅덩이 안을 느리고 슬프게 맴돌았고, 우린 딱 적당한 크기의 돌 하나를 골라 들었다. 나의 형제가 팔을 높이 쳐들었다가 돌을 힘껏 내리치자, 돌은 물속에서 다른 돌과 쿵 부딪치며 첨벙 물을 튀겼고, 우리는 기뻐하며 돌을 들어올렸다. 예상대로 물고기는 죽어 있었다. 재미는 모두 드넓고 텅 빈 해변 너머로 빨려들어가듯 사라져버렸다. 나는 구역질이 났고 나의 형제는 욕을 해댔다. 그는 죽은 송사리를 바다에 던져버리자고 했지만 나는 감히 그걸 만질 엄두도 내지 못했고, 그래서 우린 전속력으로 해변을 가로지르며 그곳을 빠져나왔는데, 아빠는 보고 있던 책에서 눈도 떼지 않은 채 이렇게 말했다. "너흰 분명 아주 몹쓸 짓을 저지른 모양이로구나."

아빠

우린 다시는 싸우지 못할 것이다. 우리의 사랑스럽고 성급하고 판에 박은 듯한 레퍼토리의 말싸움들. 섬세한 십자수 같은 우리의 말다툼들.

우리집은 말 그대로 '더이상 아내의 것이 아닌' 항목들로 채워진 백과사전이 되어버렸다. 그것은 충격의 연속이자, 우리집과 질병이 휩쓸고 지나간 집의 결정적인 차이였다. 살날이 얼마 남지 않은 환자들이 레드 와인 병에 '꿈도 꾸지 마, 더러운 손 저리 치우셔' 같은 쪽지를 붙여놓진 않는 법이다. 그녀는 죽느라 바쁘지 않았고, 간병의 흔적 같은 것도 없었다. 그녀는 그저 사느라 바빴고, 그러고는 우리 곁을 떠나버렸다.

그녀는 다시는 사용할 수 없을 것이다(화장품, 강황, 헤어브러시, 동의어·반의어 사전을).

그녀는 절대 끝까지 다 읽거나 먹거나 사용하지 못할 것이다(퍼트리샤 하이스미스의 소설, 피넛버터, 립밤을).

그리고 나는 더이상 그녀의 생일 선물로 녹색 표지의 '비라고 클래식'*을 사러 가지 못할 것이다.

나는 더이상 그녀의 머리카락이 떨어져 있는 걸 볼 수 없을 것이다.

나는 더이상 그녀의 숨소리를 들을 수 없을 것이다.

* 여성 작가의 책만을 출간하는 영국의 비라고 출판사에서 내는 시리즈 '비라고 모던 클래식'. 오리지널 판본은 표지가 녹색이었다. '비라고(virago)'는 '말참견을 잘하는 여자' 혹은 '바가지 긁는 여자'라는 뜻이다.

아이들

우린 웅덩이에서 물고기 한 마리를 발견하고는
그걸 죽이려 했지만 웅덩이는 너무 크고
물고기는 너무 빨라서 우리는 물고기를
가두고 돌로 내리쳤다. 그후로 한동안
나의 형제는 그날 그 웅덩이와 물고기, 그리고
우리를 그림으로 그렸다. 우리가 고를 수 있었던
선택지를 설명해주는 도표와 함께. 그는 우리의
선택지를 설명하기 위해 늘 도표를 그리지만
그건 과학적이지 않고 허접하다. 그는 도표를
허접하게 엉망으로 그리길 좋아한다. 실은 아주
잘 그릴 수 있음에도 불구하고.

까마귀

고개를 아래로, 한 발짝 두 발짝, 주위를 살피며.
고개를 아래로, 아래로 폴짝, 비틀비틀.
고개를 들어 하늘을 봐, '크고 힘차게 성난 듯
  까악거리는 소리'(『콜린스 조류 도감』 45쪽).
고개를 아래로, 병뚜껑, 휘적휘적.
고개를 아래로, 대걸레, 깡충깡충.
그는 내게서 많은 걸 배울 수 있어.
그게 내가 여기 온 이유지.

아빠

까마귀 본연의 모습과 문명화된 까마귀의 모습, 썩은 고기를 먹는 동물로서의 까마귀와 철학자로서의 까마귀, 완전한 존재인 여신으로서의 까마귀와 시커먼 얼룩으로서의 까마귀, 개별자로서의 까마귀와 조류로서의 까마귀 사이에는 끊임없이 놀라운 상호작용이 일어나는 것 같다. 내가 보기에는 애도와 삶, 과거와 현재 사이에서도 동일한 상호작용이 일어나는 것 같다. 나는 까마귀로부터 많은 걸 배울 수 있다.

아이들

아빠가 사라졌다. 까마귀는 종종 그러듯 욕실에
있다. 녀석은 욕실의 음향 효과를 좋아하니까.
우리는 닫힌 문 옆에 쭈그리고 앉아 귀를
기울인다. 녀석이 아주 천천히, 아주 또렷하게
말하고 있다. 녀석의 소리는 구식이다.
마치 아빠의 딜런 토머스 레코드판*처럼.
그가 말한다, 갑작스러운. 그가 말한다, 트라우마. 그가
말한다, 초래했다…… 녀석이 기침을 하고 가래침을
뱉더니 다시 말한다, 초래했다. 그가 말한다, 갑작스러운
트라우마가 경보 태세의 변동을 초래했다.

아빠가 돌아온다. 까마귀가 어조를 바꾼다.

---

* 영국 시인 딜런 토머스가 자신의 시를 직접 낭송한 음반.

까마귀

골때리네, 심히 걱정되는군. 어이 이봐, 팔랑팔랑 펄럭펄럭 내 데쿠파주*에 붙은 저 썩은 나사로 같은 놈은 누구지? 껑충 뛰어올라 날개를 퍼덕이며 와락 붙잡아 덜거덕 하나 둘 하나 둘, 내 덫에 걸린, 내 교회 애프스**에 갇힌, 끓여먹으려고 따로 보관해둔 엄마 없는 아이들. 똑바로 발음해, 혀를 굴리고 돌려, 우울해진 입술, 불태워버려. 우우, 압박감! 리허설을 해야 해, 말을 좀 곱게 써야 해. 자연의 고귀함, 하하 까악 하하 꺼억 하하, 관두는 게 좋겠어.

(내가 이렇게 거침없는 까마귀 쇼를 벌이는 건 다 그를 위해서야. 그는 자기한테 스톤헨지 샤먼의 신기神氣 같은 게 좀 있다고, 자기가 새의 영혼이 하는 말을 알아들을 수 있다고 생각하나봐. 나야 아무래도 상관없지, 그에게 도움이 되기만 한다면.)

거석巨石!

---

* 가구나 소품의 표면에 종이를 붙여 장식하는 방식.

** 건물 내부에서 입구의 맞은편에 위치한 반원형 혹은 다각형의 공간으로 교회에서는 주로 이곳에 제단을 놓는다.

| 2부 |

둥지 지키기

아빠

퍼렌서시스Parenthesis 출판사에 십사 개월 안으로 넘겨야 할 원고: 『정신분석적 관점에서 본 테드 휴스의 '까마귀': 거침없는 분석』

맨체스터에 기반을 둔 별 볼 일 없는 출판사는 내게 격려의 서신을 보내면서, 지금 같은 상황에서 책을 쓴다는 게 너무 버거운 일이라 하더라도 이해한다고 했다. 우리는 이 책이 내가 당면한 문제를 반영하게 될 거라는 데 합의했다. 책은 원래의 주제에서 약간 벗어나게 될 것이다. 출판사는 이 책이 테드 휴스와 실비아 플라스의 케케묵은 신화에 싫증난 모든 이들의 흥미를 끌게 되길 바란다. 우리는 이 책이 그 둘에 관한 책은 아니라는 점에 대해서는 합의를 봤다. 우리는 이 책이 무엇에 관한 책이 되어야 하는지에 대해서는 딱히 논의한 바가 없다.

자리에 앉아 메모해둔 것들을 볼 때마다 까마귀가 내 서재에 나타난다. 때로는 한쪽 날개를 받친 채 구부정한 자세로 바닥에 누워 있고("보라! 나는 코르비노의 비너스*다"), 때로는 침착히 내 어깨에 걸터앉아 내게 조언을 들려준다("그게 정말 배스킨** 에게 공정한 거라고 생각해?). 대체로 녀석은 안락의자에 조용히 웅크리고 앉아 독서를 하며 쌕쌕거리는 것으로 만족한다. 녀석은 그림책과 시집을 휙휙 넘기면서 쯧쯧 혀를 차고 한숨을 내쉰다. 녀석에게 소설을 읽을 시간은 없다. 녀석은 그저 역사책을 뽑아들고 위대한 인물들에게 얼간이라는 꼬리표를 붙이거나 교회에 욕을 퍼부어댈 뿐이다. 녀석은 회고록을 좋아하며, 떼까마귀를 입양한 스코틀랜드 여자에 대한 책을 발견하고는 크게 기뻐했다.

* '밀로의 비너스'를 비튼 것으로, '코르비노'는 'corvine(까마귓과)'와 'Milo'를 합친 것이다.

** 미국의 조각가이자 일러스트레이터인 레너드 배스킨. 테드 휴스는 배스킨으로부터 자신의 까마귀 그림에 어울리는 시를 써달라는 부탁을 받고 『까마귀』를 쓰기 시작했다. 『까마귀』의 오리지널 판본은 배스킨의 까마귀 그림을 표지로 삼고 있다.

까마귀

옛날 옛날에 베이비시터 새 한 마리가 살았는데, 녀석을 까마귀라고 부르도록 하자. 녀석은 러시아 동화(게으른 아이가 불에 타고, 바바야가*가 울부짖고, 멋진 왕자가 승리하는 이야기)를 너무 많이 읽긴 했지만, 그럼에도 권위를 자랑하는 공인된 돌보미로서 런던 부모들의 많은 사랑을 받았으며, 특히 금요일 밤에 인기가 있었어. 녀석이 낸 신문 가판대 광고에는 이렇게 쓰여 있었지:

"기저귀 갈이부터 목욕까지, 맡겨만 주세요!"

TV가 꺼졌고, 까마귀는 게임을 제안했어. "너희 둘은," 녀석은 말했지, "각자—여기 바닥에서—너희 어머니 모습을 본뜬 모형을 만들어야 해. 너희가 기억하는 모습 바로 그대로! 그리고 둘 중 어느 쪽이 됐든 가장 훌륭한 모형이 승리를 차지할 거야. 가장 사실적인 모형이 아닌, 가장 훌륭하고 가장 진실한 모형이.

---

* 슬라브 문화권의 전설에 등장하는 마녀.

상賞이 뭐냐 하면……" 까마귀가 샴푸로 감긴 아이들의 머리를 쓰다듬으며 말했어…… "가장 훌륭한 모형에게는 내가 생명을 불어넣어줄 거야. 너희가 잠자리에 들 때마다 이불을 덮어주는 살아 있는 어머니로 만들어줄 거라고."

그리하여 아이들은 게임을 시작했어.

한 아이는 그림을 그리기로 마음먹었고, 발판 위에 무릎을 꿇은 채 허리 높이로 작게 몸을 숙이고 손을 바쁘게 움직이는 프레스코화 화가처럼 맹렬히 그 작업에 집중했지. 테이프를 붙여 하나로 이은 서른일곱 장의 A4 용지, 총천연색 크레용, 연필과 펜, 아랫입술을 꽉 깨문 앞니. 두 눈의 위치를 맞추고, 전부 구겨 버렸다가, 다시 시작하고, 아래로 내려가면서 자신이 그린 두 손에 만족하고, 두 다리에도 만족한 아이의 코에서 거친 콧바람이 새어나왔어.

다른 아이는 조립을 하기로 마음먹었고, 포크와 나이프, 리본, 문구류, 장난감, 단추와 책으로 된 여자 모형을 만들며 자동차 수리용 피트에 있는 정비공처럼—위로 뛰어올랐다 아래로 드러누웠다 해가며—미친듯이 이곳저곳을 맞춰나갔어. 모자이크 같은 엄마 주위를 뺑 돌며 자신이 만든 얼굴에 만족하고, 높이에도 만족한 아이는 종종 딸깍거리고 쯧쯧거리며 혀 차는 소리를 냈지. 그때 까마귀가 외쳤어. "그만!"

"둘 다 대단해," 녀석이 아이들의 작품에 감탄하며 말했어. "너는 엄마의 미소를 잘 살렸고, 너는 엄마의 자세를 잘 포착했군. 그녀의 어깨는 딱 저 각도만큼 굽어 있었어!"

아이들은 누가 이겼는지 알고 싶어 안달했어: "누가 이겼지?! 어느 쪽 엄마가?!" 하지만 까마귀는 깡충깡충 뛰기 시작하더니 아이들의 시선을 피했고, 애써 웃음을 참으며 고개를 돌렸어.

"까마귀야, 이 가짜 엄마들 가운데 어느 쪽 엄마가 이겨서 진짜가 되는 거지?"

그러자 까마귀는 더이상 웃지 않고 침묵을 지켰어.

"까마귀야, 장난치지 마. 우리에게 진짜 엄마를 갖게 해줘." 그러자 까마귀는 울기 시작했어.

그리고 아이들은 아주 뜨거운 솥에 까마귀를 넣고는, 형체를 알아볼 수 없을 지경이 될 때까지 푹 끓였지.

이건 까마귀가 꾼 악몽이야.

아이들

그래? 아직 살아 있었을 때, 엄마가 말했다.
목욕하기 싫어요, 우리 엉덩인 깨끗하단 말이에요!
어젯밤에 우리 둘 다 목욕했잖아요.
좋아, 엄마가 말했다. 바로 침대로 가서
이야기 들을 준비하렴.

그래? 아직 살아 있었을 때, 엄마가 말했다.
목욕하기 싫어요, 우리 엉덩인 깨끗하단 말이에요!
어젯밤에 우리 둘 다 목욕했잖아요.
그렇단 말이지, 엄마가 말했다. 목욕 안 하면
이야기도 못 들을 줄 알아.

선택은 너희들 몫이야.

아빠

우린 이 집을 장난감과 책으로 가득 채우고 놀이방에 남겨진 아이들처럼 울부짖을 것이다.

아내를 잃고 허드렛일을 얻게 되는 상황은 원치 않았으므로, 나는 도움을 받아들였다. 나의 형제는 놀라울 만큼 큰 도움을 줬다, 내게 먹을 걸 줘, 소리치게 해줘, 아이들, 은행, 우체국, 학교, 의사와 동네 사람들 일과 관련해서. 장인어른과 장모님은 장례식, 장례 비용, 처가 친척들 응대 등과 관련해 친절을 베풀었다, 내게 여유를 줘, 시간을 줘, 그녀를 느끼게 해줘, 사과하게 해줘, 단순한 분노에서 벗어날 길을 찾게 해줘. 아내의 친구들, 양가 가족들은 아내의 소식과 관련 사항들을 전하고 아내의 유품을 정리하는 일을 아내가 알았더라면 자랑스러워했을 만큼 적절히 처리해줬고, 앞으로 나와 아이들이 따라야 할 지침을 공들여 정리한 뒤 우리에게 적절한 방식으로 알려주면서도 상투적인 말은 단 한마디도 입에 담지 않았다.

아이들

그로부터 얼마 지나지 않아, 할머니는 죽음을 앞두게 되었다. 우리는 위층으로 올라가봐도 된다는 말을 듣고 위층으로 올라갔다. 카펫은 두툼하고 푹신했고, 우린 맨발이었다. 할머니는 바퀴 달린 산소 탱크를 달고 계셨다. 우린 각자 침대 양옆으로 가서 할머니의 손을 한쪽씩 잡아드렸다. 내가 잡은 손은 쪼글쪼글하고 부드러웠으며 놀라울 만큼 따스했다. 할머니는 우리에게, 만일 들을 준비가 되어 있으면 해줄 이야기가 있다고 말씀하셨다. 우린 들을 준비가 되어 있다고 말했다. 할머니, 우린 늘 준비가 되어 있어요, 라고 나의 형제가 말했고, 나는 그 말이 부적절하다고 생각했지만, 할머니는 "그래, 아가. 너희는 늘 준비가 되어 있지" 하고 말씀하셨다.

할머니는 우리에게, 남자들이 진정으로 친절한 경우는 좀체 드물었다고, 그래도 남자들이 종종 웃기긴 했다고, 그리고 차라리 그편이 더 낫다고 말씀하셨다. "남자들과 만날 때는," 할머니는 말씀하셨다, "실망할 준비를 단단히 하는 게 좋을 게다. 여자들이 대체로 훨씬 더 강하지, 보통 더 똑똑해." 할머니는 말씀하셨다, "하지만 덜 웃겨. 그건 안타까운 일이야. 가능하면 아이는 꼭 가지렴." 할머니는 말씀하셨다, "왜냐하면 너희는 좋은 부모가 될 테니까. 이 집에 있는 건 뭐든 너희 마음대로 하려무나. 난 너희에게 내가 가진 모든 걸 다 주고 싶구나. 너희는 더없이 소중하고 아름다운 아이들이니까. 너희는 내가 지금껏 살아오면서 흥미를 느꼈던 그 모든 것들을 떠올리게 한단다." 할머니는 말씀하셨다.

"내가 쌕쌕거리는 게 보기 싫으니?"

아뇨, 우린 말했다. 괜찮아요.

"부엌 서랍에 있는 담배도 마음껏 피우렴."

할머니는 말씀하셨다. "그러면 어느 날 너희도 나처럼 쌕쌕거리게 될 테니까. 내 무덤에 피어날 데이지 꽃도 헐떡이고 쌕쌕거릴 게다. 내 말 명심하렴."

우린 할머니가 주무시는 동안 곁에 머물렀고, 딱 붙는 흰색 유니폼을 입은 키 큰 여자가 들어와서 할머니의 침대 커버를 갈았다.

아빠

길 한편에 어린 여우 한 마리가 죽어 있었다. 두 눈을 뜬 채 그 자리에서 풀과 함께 얼어붙어 있는 광경은 로드킬을 당했다기보다는 사산死産된 모습에 가까웠다.

나는 그걸 자전거에 실은 채 헵턴스톨*까지 갈 수도 있었고, 그걸 부엌으로 가져가 해동시킨 다음 아이들 보라고 거기에 놓아둘 수도 있었다. 나는 망상에 사로잡혀 있다.

그날 밤이 생각난다. 집으로 돌아와 아내에게 출간 제안서를 완성했다고 말하자, 아내가 "신께서 우리 모두를 도우시길" 하고 말했던 밤. 그러고서 우린 프로세코 와인을 마셨고, 아내는 나에게 좀 이른 생일 선물을 주겠노라고 말했다. 그것은 플라스틱 까마귀였다. 우리는 사랑을 나눴고, 나는 그녀의 견갑골에 키스하면서 부모님이 내게 아이들은 날개가 자란다고 거짓말했었다는 이야기를 다시금 들려주었다. 아내는 "내 몸은 새가 아니

---

* 잉글랜드 북부 웨스트요크셔에 위치한 작은 마을로, 실비아 플라스의 무덤이 있는 곳이다.

야" 하고 말했다.

우린 완전히 한창때였고, 끝은 한참이나 멀리 있었고, 그 어떤 것도 당연시하지 않았다.

다시 그때로 돌아가고 싶다. 다시, 또다시. 나는 안기고 싶다, 나는 안고 싶었다. 그것은 플라스틱 까마귀였다. 우리는 사랑을 나눴다. 날개 이야기. 내 몸은 새가 아니야.

다시.

날개.

사랑.

내 몸은 새.

다시. 제발 모든 게 다시 예전으로 돌아갔으면.

아이들

우린 '소닉붐'이라는 게임을 하곤 했다.
우린 소나무숲을, 마치 사람들 사이로 발사된
총알처럼 뚫고서 있는 힘껏 날아가다가
가장 마지막 순간에 나무 바로 앞에서 뒤로 도는
시합을 했다. 우린 소나무숲을 뚫고서 있는 힘껏
날아가다가 나무를 몇 밀리미터 남겨둔
지점에서 옆으로 몸을 획 굴린 다음 휘청대면서
새된 소리로 소닉붐 하고 외쳤다. 어느 날 나는
나의 형제를 놀렸다. 나는 달아나는 사람의
어깨에 비스듬히 맞고 튕겨나오는 총알처럼,
나무에 몸을 들이받고 튀어오르게 해보라며 그애를
부추겼다. 내가 먼저 힘차고 진실되게 나무를
향해 곧장 날아가서 마지막 순간에 몸을 획 틀며
소닉붐을 외쳤고, 내 날개 한쪽이 나무 몸통에
부딪혀 쿵, 소리를 낸 후에 나는 숲속으로
쏜살같이 사라졌다(달아나는 사람의 어깨에
비스듬히 맞고 튕겨나오는 총알처럼). 나의

형제는 너무 낮고 빠르게 날았으며 몸을 한 번도 틀지 않더니, 쿵, 날카로운 나뭇가지가 그의 목을 관통해버렸고, 그는 거기 매달린 채로 "소닉. 소닉. 소닉" 하고 꽥꽥거렸다. 이 이야기는 오직 부분적으로만 진실이다.

아빠

아이들은 새 놀이를 했고, 사자 놀이를 했다. 아이들은 여러 단계를 거쳐갔다: 공룡, 트럭, 선더캣츠*, 쿵후, 거짓말, 스포츠.

아이들에게 상상 속 세계와 실제 세계의 경계는 매우 흐릿했고, 사람들은 대처 기제라느니 원래 어릴 때는 다 그렇다느니 시간이 지나면 나아질 거라느니 하고 떠들어댔다. 많은 이들이 "당신들에겐 시간이 필요해" 하고 말했지만, 정작 그때 우리에게 필요했던 건 세탁용 세제, 머릿니 제거용 샴푸, 축구선수 카드, 건전지, 활, 화살, 그리고 또 활, 화살이었다.

나에게 상상 속 세계와 실제 세계의 경계는 매우 흐릿했고, 사람들은 업무량이 지나치다느니 회복기라느니 정상적인 강박관념이라느니 하고 떠들어댔다. 많은 이들이 "당신에겐 시간이 필요해" 하고 말했지만, 정작 그때 내게 필요했던 건 셰익스피어,

---

* 1980년대에 제작된 미국과 일본의 합작 애니메이션으로, 고양이와 인간을 합쳐놓은 듯한 캐릭터가 주인공이다. 한국에서 정식 방영된 제목은 〈무적의 왕자 라이온〉이었다.

이븐 아라비[*], 쇼스타코비치, 하울링 울프[**]였다.

사람들이 차를 남기고 떠나면, 먹다 만 피시 핑거[***], 식은 완두콩과 굳어버린 케첩을 깨적거리며 먹었던 게 생각난다.

내가 "장난감이란 장난감은 모조리 다 쓰레기통에 처넣어버릴 거야!" 하고 말하자 그들이 낄낄대던 게 생각난다.

케이크 믹스가 부풀고 구워지면서 케이크 틀 가장자리를 꽉 채워가듯, 우리의 사랑이 우리의 삶으로 점점 모양을 잡아가던 결혼 초기에, 우리가, 그러니까 아내와 내가 이렇게 행복하다면, 분명 뭔가가 잘못되고 말 거라며 두려워하던 게 생각난다.

열다섯 살 때 힐러리 기딩이라는 여자아이와 했던 첫 데이트가 생각난다. 영화관 의자 뒤로 동전 하나가 떨어졌고, 우리는 둘 다 의자 사이의 좁고 흐릿한 틈 안으로 손을 밀어넣었다. 팝콘 알갱이와 끈적한 티켓 조각들이 손에 닿는가 싶더니, 동전을

---

* 12~13세기에 활동했던 이슬람의 신비주의 철학자.

** 미국의 블루스 뮤지션.

*** 가늘고 긴 생선 튀김.

찾느라 바닥을 더듬던 우리의 두 손이 만났고, 그때 전율이 일었다. 의자 커버, 어둠, 우연, 공공장소의 사랑스러운 먼지에 의해 꼼짝없이 붙들려 있던 나의 손목.

아이들

아빠와 까마귀가 거실에서 싸우고 있었다. 문이 닫혔다. 끄아악 끄르르, 까악, 끄아악 끄르르 하고 낮게 웅웅거리는 소리가 들렸고, 아빠는 그만해, 그만해, 까악, 까아악 하고 말하며 헛기침을 하고, 헛구역질을 하고, 침을 뱉고, 욕을 하고, 쉰 목소리로 꺽꺽거리고, 컹컹 짖고, 흑흑 흐느꼈는데, 그것은 단속적으로 들려오는 아빠의 소리와 쿵 했다 꽥 했다 찌릿찌릿한 파열음을 내는 난폭한 새소리가 펼치는 괴상한 가믈란* 즉흥연주 같았다.

까마귀는 털이 헝클어지고 눈이 휘둥그레진 모습으로 나타났다. 녀석은 조용히 문을 닫고 우리가 앉아 있는 부엌 식탁에 함께 앉았다.

우리는 펠트 펜으로 동물원 컬러링 북을

---

* 인도네시아의 전통 타악기 기악 합주.

색칠했고, 까마귀는 선을 넘었다.

아빠

사람들이 힘을 주라고 말하고 자메이카인 산파가 "힘을 줘요 아가씨, 힘을 주라고" 하고 말하자 힘을 주던 아내가 생각난다. 그녀는 "이러다 똥 나오겠어" 하고 말했고, 나는 웃으며 "이미 늦었어" 하고 말했다. 그리하여 굶주리고 조그마한 첫째 아들이 이상한 냄새를 풍기는 크림에 뒤덮인 채로 태어났다.

사람들이 힘을 주라고 말하고 스코틀랜드인 산파가 "어이쿠, 머리가 보이네" 하고 말하자 힘을 주던 아내가 생각난다. 그녀는 "아파, 씨발, 씨발-씨발 아프다고" 하고 말했고, 우리가 울부짖는 가운데 자줏빛의 유연한 몸으로 악을 쓰는 둘째 아들이 태어났다.

팔짱을 낀 채 해변에 서서 "저 핏덩이들 좀 봐" 하고 말하는 그녀는 여자 라오콘*이고, 우리는 육지에서 50피트 떨어진 먼바다에서 슬픔에 물어뜯기고 있다.

---

* 트로이의 아폴론 신전 사제로, 그리스군이 보낸 목마의 계략을 알아차렸다는 이유로 두 아들과 함께 신이 보낸 바다뱀에 감겨 죽었다.

아이들

우리는 가끔 진실을 말한다. 그게 우리가
아빠에게 착하게 구는 방법이다.

아빠

서론: 까마귀의 악몽 나는 내 아내가 그립다
1장. ~~황홀한 위험~~ 나는 내 아내가 그립다
2장. ~~침묵의 지배~~ 나는 내 아내가 그립다
3장. ~~죽일 수 없는 트릭스터~~ 나는 내 아내가 그립다
4장. ~~최음催淫의 재앙~~ 나는 내 아내가 그립다
5장. ~~비극적 희극~~ 나는 내 아내가 그립다
6장. ~~호수의 아기(신)~~ 나는 내 아내가 그립다
7장. ~~노래~~ 나는 내 아내가 그립다
결론: 회복과 성장 나는 내 아내가 그립다

까마귀

옛날 옛날에 서로 형제지간인 성인 남자 둘이 살았어. 둘은 형제처럼 가까웠지.

형의 신발 바닥은 군데군데 닳아서 구멍이 나 있었어. 마을에서 반 마일쯤 떠나와 윈드밀 힐Windmill Hill에 올랐을 무렵 그의 양말은 흠뻑 젖어서 쩌억 쩍 소리를 냈고, 그는 더 좋은 신발로 갈아 신기 위해 마을로 돌아가자고 했지만 동생은 계속 걷기만 했어.

"다른 신발이라고는 내 낡은 신발이 전부인데 그건 형한테 너무 작을 거야."

"맞아."

"내가 여분으로 가져온 신발이 그 신발보다는 낫겠다."

둘은 부서지는 파도에서 빠져나오느라 헤엄을 쳐대는 사람들처럼 좁은 백악질 비탈을 따라 가파른 언덕을 터벅터벅 걸어올라갔고, 정상에 다다르자 잠시 멈춰 서서 움푹 팬 골짜기에 얌전히 들어앉은 마을을 내려다봤지.

“형은 그 거지 같은 신발 때문에 고생할 거야. 언젠가 때가 되면 우린 날카로운 부싯돌 위를 걷거나 가시밭길을 걸어야 할지도 몰라.”

“언젠가 때가 되면 그럴지도 모르지.”

“그러면 형은 고생할 거라고. 내가 하고 싶은 말은 그것뿐이야.”

풍차windmill에 거의 다 이르렀을 즈음 동생은 카악 하고 누런 가래를 한 움큼 뱉고는 주인을 욕했어. 형은 웃었지.

둘은 윈드밀 힐을 저멀리까지 뒤덮은 가지 친 나무숲 사이를 빠른 걸음으로 지나갔어. 그들 머리 위로는 빛의 조각으로 이루어진 천장이 붕 떠 있었고, 그 빛은 어두운 땅바닥을 온통 칼날처럼 쑤셔대고 있었지.

호랑가시나무 덤불 숲에서 붉은 사슴 한 마리가 튀어나와 달아났고, 형은 “안녕 친구” 하고 속삭였어.

동생은 손으로 총 모양을 만든 다음 큰 소리로 "빵" 하고 외쳤고, 깜짝 놀란 꿩은 꿩꿩 소리를 내며 형광 녹색의 풀숲 속으로 쏜살같이 달아났어.

생각해볼 문제:

- 이 발췌문에 등장하는 두 형제가 사실적이라고 생각하는가?
- 이야기가 시골을 배경으로 하고 있다는 사실이 등장인물들에 대한 생각에 변화를 일으키는가?
- 만일 신발이 슬픔에 대응하는 능력의 메타포라면, 죽는 사람은 누가 됐을 것 같은가?
- 인간 대 자연, 신발, 형제, 러시아혁명이라는 주제에 초점을 맞춰 이야기의 다음 부분을 써보라.

아이들

엄마는 맞아 죽었어, 한번은 파티에서 어떤
　아이들에게 그렇게 말했다.
야 이런 미친, 그들이 말했다.
엄마가 어떻게 죽었는지 사실대로 말하지
　않았어요, 나는 엄마에게 속삭였다.
나라도 그랬을 거야, 엄마가 속삭이며 대답했다.

아빠

아내가 날 놀래주려고 시상식 프로그램 보는 걸 실제보다 더 좋아하는 척했던 게 기억난다. 나는 그런 줄 알면서도 아내에게 이러이러한 시상식 프로그램을 하고 있으니 같이 앉아서 끝까지 봐야 한다고 말하곤 했다. 자러 가자, 아내는 말했다, 우린 저 사람들이 누군지도 모르잖아.

승자들이지, 나는 말했다. 이놈 저놈 할 것 없이 죄다 구린내 나는 추악하고 얼빠진 등신들이야.

그리고 우린 침대로 갔다.

가끔 난 내가 당연한 사실들조차 잊어가고 있다는 걸 깨닫고는, 위층이든 아래층이든 아이들이 있는 곳이라면 어디로든 달려가 "너희 엄마는 누구보다 웃기고 더할 나위 없이 훌륭한 사람이었다는 걸 알아야 해. 엄마는 아빠의 가장 친한 친구였단다. 정말 냉소적이고도 다정한 사람이었지……" 하고 말한다. 그러고선 내가 한 말이 너무 터무니없고 무성의하다는 생각에 힘이 쫙 빠지면, 아이들은 고개를 끄덕이며 "우리도 알아요, 아빠. 기억하고 있어요" 하고 말한다.

"엄마가 보면 나더러 감상적이라고 하겠어."

"아빠 감상적인 거 맞아요."

아이들은 나에게 자기들이 앉은 소파 옆자리를 권하고, 아이들의 너무나도 자연스러운 친절은 맹장염만큼이나 고통스럽다. 나는 아무것도 해주는 게 없는데, 아이들은 너무 친절하고 그 와중에 또 자신들의 친절을 계속해서 되살리고 재충전해서 베풀고 있으므로, 나는 몸을 앞으로 구부린 채 잠시 가만히 멈춰 있어야 한다.

까마귀

더 가까이 다가가기 전에, 셋을 전부, 하나로 보려고 노력해봐. A와 B의 관계는 C와 A의 관계에 B를 더하고 거기서 C를 뺀 것과 같지. 잘했어. 다시 한번 봐, 바로 그거야, 훑어보라고. 이제 왼쪽에서 오른쪽으로 가볼까? 좋았어. 이제 오른쪽에서 왼쪽으로. 좋았어. 이제 전부 하나씩 살펴보면서 하나 둘 셋 차례대로 이동해볼까? 이제 전부 한꺼번에 느껴봐. 자 그리고 다시, 하나 둘 셋 차례대로 이동해볼까? 그리고…… 느껴봐. 오케이, 이제 시작해보자:

왼쪽에는 아빠가 있어. 이 이미지는 발기인, 질의, 내가 '변기에 앉은 조지 다이어'*라고 부르기 좋아하는 것, 좌익左翼, 기중기, 교육의 현장, 텅 빈 교회, 고문 단계, 고통의 패널, 완력 등의 기능적 위치를 점유해.

* 화가 프랜시스 베이컨의 작품 〈삼면화, 1973년 5월~6월〉의 왼쪽 패널에 있는 그림을 가리킨다. 이 작품은 베이컨이 1971년에 자살한 연인 조지 다이어를 추억하며 그린 것이다.

가운데에는 당신의 충직한 하인이 있지. 검은 깃털의 향기와 죽음의 악취. 짜잔! 그것은 부패의 중심, 그뤼네발트*, 양손에 박힌 못, 양팔에 박힌 가시바늘, 트라우마, 폭탄, 그 이후로는 우리가 절대 시를 쓸 수 없게 되는 무엇, 쾅 닫힌 문, 인 프링키피오 에라트 베르붐**. 그야말로 씨발 하고 욕이 절로 나오는 것. 그야말로 유혈이 낭자한 스포츠. 그야말로 유서 깊은 대학교.

하지만 멈추지 말고 계속 봐. 삼면화란 절대 멈출 수 없고 멈춰지지도 않는 것이니까. 그것은 문화 그 자체야. 오른쪽에는 아이들이 있어. 두 가지 형태, 하지만 하나의 덩어리. 여자일 수도 있고 남자일 수도 있어. 우린 그저 네 개의 작은 다리와 네 개의 작은 팔과 (오른쪽 패널에 있는 건 갓 태어난 송아지일 수도 있어!) 희망찬 표정의 아주 작은 얼굴들을 알아볼 수 있을 뿐이야. 그러다 별안간 이전 패널들이 지닌 의미가 이해되지, 이건 순수 수학이야, 예로부터 내려온 논리지. 그것은 자연 그 자체야. 이게 바로 내가 도약, 최신 스타일, 십 년 만의 귀가, 명중된 화살,

---

* 마티아스 그뤼네발트. 독일 르네상스 시대의 화가로, 대표작으로 〈이젠하임 제단화〉가 있다. '양손에 박힌 못, 양팔에 박힌 가시바늘'은 이 그림에 등장하는 이미지들이다. '그뤼네발트(Grünewald)'는 '푸른 숲'을 뜻하기도 한다.

** '태초에 말씀이 있었다'는 뜻의 라틴어.

푸가fugue라고 부르는 거지. 그야말로 지는 노을이야. 그야말로 음유시인이지. 그야말로 가슴을 저미게 만든다고.

아이들

우린 거울을 치약으로 얼룩덜룩하게 만들었다고 엄마한테 엄청 혼이 나곤 했다.

우린 몇 년 동안이나 거울에 치약을 묻혔고 침을 뱉었고 게다가 양치질은 너무 자주 했고, 그래서 우리집 거울은 새하얀 반점들로 얼룩덜룩 엉망이었고, 우린 둘 다 그것으로부터 죄의식을 동반한 즐거움을 느꼈다.

어느 날 아빠는 거울을 닦았고, 우리 모두는 그게 정말 잘한 일이었다는 데 동의했다.

슬쩍 빼놓고 말하지 않은 다른 일들도 많다. 우린 의자에 오줌을 쌌다. 우린 서랍을 절대 닫지 않았다. 우린 엄마를 그리워하려고, 계속 엄마의 손길을 원하기 위해 이런 짓들을 했다.

아빠

진흙을 자세히 들여다보면, 모래를 자세히 들여다보면, 비단처럼 변해가는 유사流砂를 조금 핥아보면, 거기에는 기름이 있다.

아내가 너무 그리워서, 나는 아내를 기리기 위해 맨손으로 100피트 높이의 기념비를 세우고 싶을 지경이었다. 나는 하이드파크의 거대한 돌의자에 앉아 경치를 감상하는 아내의 모습을 보고 싶었다. 지나가는 모든 사람들이 내가 그녀를 얼마나 그리워하는지 이해할 수 있게. 나의 이 그리움이란 어쩌면 이리도 물리적인 것인지. 아내가 너무 그리워서, 그 그리움은 금으로 만든 거대한 왕자, 콘서트홀, 천 그루의 나무, 호수, 구천 대의 버스, 백만 대의 차, 이천만 마리의 새들 그 이상이다. 도시 전체가 아내에 대한 나의 그리움이다.

에혀, 까마귀가 말했다. 냉장고 마그넷* 같은 소리 하고 있네.

---

* '냉장고 마그넷(fridge magnet)'은 영국 속어로 '얼간이'라는 뜻.

아이들

나는 긴 수풀 사이로 평평해진 길, 아마도 나의 형제가 지나갔을 길을 발견하고는 속삭인다, "야, 여기 있는 거야?" 그리고 지나가던 어른들이 3피트 떨어진 곳에서 우리를 보지만, 우리는 거대하고 무한한 대성당 안에 있다.

까마귀가 키득거린다. "나 여기 있어, 내가 안 보이겠지, 난 푸른색이지로오오오옹!"

아빠

가장 친한 친구에게 내가 말했다. 연말 풋볼파티*에 하루 더

* 축구를 주제로 한 파티로, 주로 아이들을 대상으로 한다.

머물렀으면 아내는 내게 화를 냈을 거야. 그러면 우린 연휴의 교통 체증에 시달리게 됐을 테니까. 친구가 말했다. 매사에 아내를 끼워넣고 생각하는 습관 좀 버려. 슬픔과 터무니없는 집착은 다른 거야.

예전에도 난 아내에 대한 터무니없는 집착에 빠져 있었어, 내가 말했다.

누굴 좀 만나기는 해? 그가 말했다. 사람들이랑 이야기도 좀 하고 그러는 거냐고?

그러고 있어, 나는 말했다.

그 사람들 괜찮은 사람들이야?

아주 괜찮지.

나는 서재에 있는 까마귀, 청구서를 부리로 쪼아대는 까마귀, 지역 보건의가 추천한 까마귀, 혹은 국민의료보험 혜택으로서의 까마귀 생각에, 하마터면 웃음을 터뜨릴 뻔했다.

그래, 나는 가장 친한 친구에게 말했다. 걱정할 필요 없어. 난 도움을 받고 있어.

아이들

엄마가 세상을 떠났을 무렵 허리케인이 불어와서 나무들이 많이 쓰러졌다. 할머니 집 근처에 있는 너도밤나무숲에는 아직 꿋꿋이 서 있는 나무들에 비스듬히 기댄 채 반쯤 쓰러져 있는 나무들이 수도 없이 많았다.

나는 몸무게를 실어 미끄러져내려올 수 있을 정도까지 쓰러진 나무 위로 기어올라가고 또 올라가서는 아래로 신나게 미끄러져내려오곤 했다. 때로는 푸른 나뭇잎으로 된 부드러운 쿠션 같은 요람 위로, 때로는 날카로운 나뭇가지로 만든 새 둥지 위로. 나의 형제는 뒈져라!* 하고 외치곤 했다.

이 게임이 그의 아이디어였는지, 아니면 까마귀의

---

* 원어는 '몹시 곤란한'이라는 뜻의 'dead meat'로, 글자 그대로는 '죽은 고깃덩이'라는 뜻이다.

아이디어였는지는 기억나지 않는다.

아빠는 해질 무렵 우리를 데리러 숲으로 와서는, "너 피가 나잖아. 이런 망할, 몸 여기저기 피가 안 나는 데가 없네" 하고 말했다. 나는 추위로 몸이 얼얼했고, 긁힌 상처는 따끔거렸으며, 아빠는 나의 형제에게 자신이 무슨 짓을 했는지 한번 똑똑히 생각해보라고 말했다.

까마귀

이건 실화야:

옛날 옛날에 슬픔을 먹고 사는 악마가 있었어. 날것의 충격과 예기치 않은 죽음의 달콤한 향기가 홀아비가 사는 슬픈 집의 문과 창문 밖으로 퍼져나왔지.

그리하여 악마는 집안으로 들어갈 방법을 궁리하기 시작했어.

어느 날 저녁 홀아비가 막 씻긴 아이들에게 이야기를 들려주고 있을 때 누군가가 문을 두들겼어.

쾅-쾅-쾅. "문 열어, 문 열라고, 나야 나. 56번지 사는…… 키스. 키스 콜리지라고. 우유 좀 얻었으면 하는데."

하지만 분별 있는 아버지는 이 한적하고 작은 거리에 56번지 같은 건 있을 리 없다는 걸 알았고, 그래서 문을 열어주지 않았지.

다음날 밤에 악마가 다시 문을 두들겼어.

쾅-쾅-쾅. "문 열어요, 문 열어, 퍼렌서시스 출판사에서 왔어요. 나 폴이에요. 폴…… 그레이브스요. 소식 들었어요. 너무 늦게 찾아오게 돼서 정말 처참한 기분이네요. 아이들 주려고 피자랑 장난감을 좀 가져왔어요."

하지만 주의깊은 아버지는 퍼렌서시스에 피트가 있고 필도 있지만 폴이란 사람은 없다는 걸 알았고, 그래서 문을 열어주지 않았지.

다음날 밤 악마는 파란 불빛을 번쩍이고 타닥타닥 소리를 내면서 문 앞으로 급히 달려왔어.

쾅-쾅-쾅. 쿵. 쿵. "문 열어! 경찰이다! 안에 있는 거 다 알고 있어, 이건 긴급 상황이야, 오 초 내로 문을 열지 않으면 부수고 들어가겠다."

하지만 세상 경험이 많은 슬픈 홀아비는 법에 대해 좀 알았고 그것이 거짓말임을 직감했지.

악마는 문 앞을 떠나 다음에는 무엇을 하면 좋을지 곰곰이 생각했어. 그는 타블로이드 신문처럼 비열했고, 그리하여 확실히 먹힐 계획을 떠올려냈지.

쾅-쾅-쾅-쾅. 똑. 똑. 똑. "얘들아? 나야. 엄마야. 아가야? 거기 있니? 얘들아, 문 좀 열어봐, 나야. 엄마가 돌아왔어. 내 사랑? 얘들아? 엄마 좀 들여보내주렴."

그러자 아이들은 이불을 아무렇게나 젖히고 작은 다리로 침대 끝을 훌쩍 뛰어넘어서는 계단을 쏜살같이 뛰어내려갔어. 당황한 아이들의 심실心室은 가득 차오른 간절함으로 따끔거렸고, 아이들은 일이 전부 이 지경에 이르기 전, 전, 전을 향해 껑충껑충 뛰어내려갔지. 사랑하는 연인의 목소리에 취한 아버지는 아이들을 따라 쏜살같이 뛰어내려갔어. 아내의 목소리는 달의 힘에 이끌려 모든 절망적이고 쓰라린 텅 빈 구멍 안으로 밀려드는 굶주림처럼 찌르는 듯한 고통을 안겨주었고, 모든 걸 수포로 돌아가도록, 그것도 절묘하게 수포로 돌아가도록 만들었어.

"우리가 가요, 엄마!"

그들의 친구이자 손님, 그러니까 까마귀 한 마리가 그들을 문 앞에서 멈춰 세웠어.

얘들아, 까마귀가 말했어.

얘들아, 정말 미안하구나. 엄마가 아니란다. 이 일은 내가 처리할 테니 침대로 돌아가렴. 저건 엄마가 아니야.

아이들은 구겨진 크레이프지紙가 된 아빠를 들어올리고는, 각자 양쪽 팔 아래로 들어가 몸을 가누지 못하는 그를 침대로 데려가 눕혔어. 그런 다음 아이들은 창가에 앉아 아래를 내려다보며 거기서 벌어진 일을 구경했고, 그걸 몹시 즐겼어. 사내아이들이란 원래 그런 법이니까.

까마귀는 문밖으로 나가며 미소를 지었고, 공기를 들이마셨고, 고개를 끄덕이며 저녁 인사를 전했고, 문을 등뒤로 쾅 차서 닫아버렸지. 그런 다음 까마귀는, 자신의 둥지에 새끼들이 있을 때 누가 그 둥지에 침입하면 침입자에게 무슨 일이 벌어지는지를 악마에게 시범을 통해 보여줬어:

큰 소리로 한 번 쿵, 폴짝, 바닥을 탁탁, 산만하게 조금 춤을 추고는, 까옥, 원반처럼 빙글빙글 선회하며 날아올랐다가, 허공에 정지, 아래의 고정된 한 점을 향해 원자폭탄처럼 맹렬히 하강, 악마의 두개골을 부리로 망치처럼 세게 내리찍어 갈라진 두개골에서 피가 터져나오게 하고, 그런 다음 계속해서 두개골을 뚫고 들어가 뇌, 뇌수와 뇌막, 척수액을 뿜어내는 척추, 척추골을 뚝 분지르고, 척추골을 으스러뜨리고, 척추골을 갉아먹다 퉤 뱉어버리고는 맨 아래까지 하나-둘-셋-넷-다섯 피라냐처럼 빠르게 내려가서, 악마의 몸속 내용물을 물고 자르고 해체하면서, 피와 걸쭉한 척수액과 똥오줌을 튀기고, 뒤엉킨 털실 같은 내장을 풀어헤치고, 스파게티 같은 인대와 신경을 유쾌하게 획 잡아당겨 쾅쾅 두드리고, 발톱으로 할퀴고, 거칠게 찢고, 싹둑 잘라서, 후루룩 마시고, 꺼억 트림하면서, 그렇게 상처 입히는 전 과정, 진짜 쓴맛을 보여주는 짓을 노골적으로 즐겼는데, 까마귀에게 그것은 감자칩 포장지와 아이스크림과 커리부어스트*와 새끼울새와 온갖 추잡한 음식들로 가득찬 사랑스러운 쓰레기통 같은 것이어서, 황야에 불어오는 서풍처럼, 불어오는 바람에 흔들리

* 구운 소시지에 카레 가루와 케첩을 뿌려 먹는 독일 음식.

는 바운시 캐슬* 같은 느릅나무처럼, 심해어족들이 옛날부터 대대로 누려오는 기쁨처럼 몸의 활기를 북돋아주는 것이었지. 그리고 까마귀는 황홀경에 빠진 채 오물로 가득한 웅덩이 안에 서서, 악마의 잔해를 수챗구멍 속으로 끈기 있게 쓸어넣고 밀어넣었어.

일을 끝마친 까마귀는 의기양양하게 거리를 거닐면서 경고의 의미를 담아 위아래로 뛰어오르고, 파자마 바람의 아이들은 침실 창가에서—유리창 너머로 고요하게—박수를 치고 환호하지. 까마귀는 온 도시에 경고를 보내. 시詩로 된 경고를, 여러 언어로 된 경고를, 최첨단의 경고를, 유머가 섞인 경고를, 춤과 은근하고 점잖은 협박과 부두교 주술과 말장난과 아주 오래된 추악함이 장관을 이루는 경고를.

자신의 둥지를 지켜낸 데 만족한 까마귀는 이제 먹을 걸 좀 찾기 위해 여기저기 헤매고 다녀.

* 속에 공기를 채워 그 위에서 아이들이 놀 수 있게 만든 성 모양의 놀이 기구.

아빠

정말 어처구니없는 농담이고, 어처구니없는 꿈이고, 어처구니없는 시詩다, 달라도 너무 다르다, 이 우ㄹ

우ㄹ

우ㄹ

우ㄹ

우ㄹ

우르르, 우레와 같은 박수, 우라질, 우리의 창조자,

우ㄹ

우ㄹ

우ㄹ

울

음

아이들

녀석은 젊고 착하고 때로는 웃기기도 했다.
녀석은 조용하다가 또 몹시 화를 냈다가 또
짓궂고 낯설게 변하더니, 망상에 붙들려 헛것을
보며 쓰고 쓰고 또 써댔다.

와서 이것 좀 봐, 까마귀가 말했다. 너희 아빠가
죽은 것 같아!

우린 쥐새끼 썩는 냄새가 나는 방으로 살금살금
기어들어갔는데, 이불 아래에는 재떨이들이 깔려
있었고 바닥에는 술병들이 나뒹굴고 있었다.
아빠는 망가진 장난감처럼 큰대자로 누워 있었고,
잿빛으로 축 늘어진 아빠의 입은 잘못 구워진
요크셔푸딩처럼 찌그러져 있었다.

아빠 죽었어요?
　아빠, 죽은 거 맞아요?

대답 대신 길고 애처로운 방구 소리가
들려오더니, 아빠가 발길질을 했다.

당연히 안 죽었지, 이 바보야, 나의 형제가 말했다.
죽었다고 말한 적 없어, 내가 말했다.
이크, 까마귀가 말했다.
아빠 안 죽었다, 아빠가 말했다.

아빠

까마귀에게,

오늘 난 정말이지 자랑스러운 그림을 한 장 그렸어. 그건 테드 손가락 인형에 손을 집어넣고 의자에 앉아 있는 너를 그린 그림이야. 맞은편에는 너를 닮은 손가락 인형에 손을 집어넣고 의자에 앉아 있는 테드가 그려져 있어. 정말 꼭 닮았다고!

테드가 손에 낀 까마귀 인형 위에는 말풍선이 달려 있어. 말풍선 안에는 "테드 너한테선 푸줏간 악취가 나"라고 적혀 있지.

정말 네 마음에 쏙 들 거야.

아이들

아빠는 우리에게 이런저런 이야기를 들려줬는데,
아빠가 달라지자 이야기도 달라졌다.

쥐잡이꾼에 대한 이야기가 생각난다. 쥐잡이꾼은
자기 침대 머리판에 죽은 쥐의 꼬리를 하나, 둘,
셋, 넷, 다섯, 못으로 박았다. 쥐잡이꾼은 쥐들의
왕을 죽였지만, 그 심장을 뜨거운 물에 넣고 삶지
않는 한 쥐들의 왕이 죽지 않는다는 건 누구나
다 아는 사실이었다. 쥐잡이꾼이 잠들어
있는 동안, 쥐들의 왕은 침대 머리판에서 꼬리를
빼고 빠져나오며 죽은 동료들의 꼬리를 줄줄이
땋아 올가미를 만든 다음 쥐잡이꾼의 목을 졸라
죽였다. 아빠가 말했다, 쥐잡이꾼과 쥐가 무얼
의미한다고 생각하니?

아빠는 우리에게 이런저런 이야기를 들려줬는데,
아빠가 달라지자 이야기도 달라졌다.

어느 일본 작가가 자신의 칼 위로 넘어졌는데,
그 칼이 너무 날카로운 나머지 피 한 방울 묻지
않은 채로 등을 깨끗이 뚫고 나왔다는
이야기가 생각난다.

어느 아일랜드 전사가 실수로 자기 아들을
죽였지만 그 사실을 깨닫고도 크게 괘념치
않았는데, 그건 아들이 죽어도 쌌기 때문이었다는
이야기가 생각난다.

아빠

부엌 조리대 쪽에, 아이들이 위타빅스Weetabix*를 먹는 동안 내가 몸을 기대고 있는 데가 있다. 그곳은 부엌 조리대에서 아주

* 영국의 시리얼 브랜드.

살짝 떨어진 곳으로, 예전에 아내가 몸을 기대곤 하던 곳이다.

무척 심각한 상황입니다, 이 상황이 얼마나 지속될지는 전혀 알 수 없지만 지금으로서는 사람들이 도시에 고립되지 않을까 무척 우려됩니다.

아이들이 뉴스를 듣는다. 아이들도 알 필요가 있다. 나는 아이들에게 전쟁에 대해 많은 것을 이야기해준다.

이 세상의 상실과 고통은 감히 상상할 수도 없을 지경이지만, 그래도 나는 아이들이 한번 상상해보길 바란다.

까마귀

이렇게 말해도 괜찮다면, 이것은 내가 구술한 것을 그대로 받아 적은 문학적 회고록에 붙이는 각주:

난 오후 서너시쯤, 그들의 집에서 혼자, 아이들이 학교를 마치고 돌아오기를 기다리는 걸 좋아했다. 그것이 나의 충족되지 않은 모성적 환상과 관련된 증상에 불과하다는 비난을 받을 수도 있다는 건 나도 인정하지만, 나는 까마귀고 우리 족속들은 어둠 속에서 많은 것을 할 수 있다. 심지어 엄마 놀이까지도. 난 그저 여길 보고, 또 저길 보며, 여기저기를 쪼아댔다. 이따금 양말이나 직소 퍼즐 조각을 들어올리면서. 난 습관적으로 여기저기 설사를 지려놓기도 했다. 그가 절대 치우지 않으리라는 걸 아는 장소에.

가장 먼저 들려오는 소리는 높은 소리로 이어지는 잡담과 노래와 쾌활함의 데스캔트*와 트릴**일 것이었다. 아이들. 그들은

* 주선율보다 높게 부르거나 연주하는 선율.

** 두 음 사이를 빠르게 오가며 연주하는 꾸밈음의 일종.

현관문에 몸을 쿵 하고 부딪힐 것이고, 그런 다음 숨을 돌리며 아빠가 따라잡기를 기다릴 것이었다. 그는 찰칵 하는 소리와 함께 문을 열 것이고, 그 소리와 함께 아파트는 시끄러운 소리로 넘쳐나게 될 것이었다. 신발 벗어야지, 제발 가방 좀 내려놓고, 거기 두지 말라니까, 아빠가 그러지 말라고 했지, 거기 둬야지, 어서, 빨리빨리 얼른얼른 후다닥 이층으로 올라가렴.

지친 사내아이들은 아름답고 여유로운 허세를 부리면서, 먹거리나 놀거리를 찾으러 나서기 전에 막간을 이용해 이리저리 뒹굴고 몸을 털썩 내던지고 벌렁 나자빠진다. 그들이 더는 뽐내지 않고 몸을 축 늘어뜨린 채 다시 잠자리로 돌아가는 모습을 지켜보는 나의 마음은 언제나 평소답지 않은 낙관과 명랑한 기분으로 가득차 있었다. 그리고 설탕! 저녁에 그가 아이들에게 특별히 사탕을 줬을 때나, 아니면 아이들이 찬장에 기어올라가—까마귀처럼—아버지가 은닉한 것을 약탈했을 때. 인간 아이들이 당분을 과도하게 섭취하고 난 뒤의 모습을 본 적이 없다면, 꼭 한번 보길 바란다. 그건 그들을 대략 한 시간 정도 아주 우스운 모양새로 들뜨고 발광하게 만드는데, 그러고 나면 그들은 기운이 쏙 빠진다.

그것은 피에 취한 여우 새끼들처럼 기괴하다.

아이들

우리는 우체부가 떨어뜨리고 간 고무 밴드를
모았다. 우리는 거대한 공을 만들 생각이었다.
우리는 포기했다.

우리는 기지, 캠프, 소굴, 대피소, 요새, 벙커, 성,
사격진지, 터널, 그리고 둥지를 만들었다.

우리는 런던을 관찰했고, 런던은 우리에게
청바지와 줄무늬 티셔츠와 레이밴 선글라스
차림의 엄마 후보들을 보여줬고,
그래서 우리는 엄마 후보들을 골라내며
그 끔찍하고도 무감각한 자해自害의 기분을
즐겼다. 우리는 "너흰 어떻게 웃을 수 있니,
그건 정말 슬픈 일인데?" 하고 말한
베이비시터에게 심드렁한 표정을 지어 보였다.

우리는 소파 등받이 위에서 균형을 잡고

서 있다가 카펫 위로 급강하 폭격을 하듯 뛰어내렸고, 아빠는 소리쳤다, 그러면 무릎이 상하지 않을 줄 아나본데, 아냐 그러면 무릎이 상하고 너희가 내 나이가 될 때쯤엔 무릎에 심각한 문제가 생길 거야, 좋아 그리고 나는 애처로운 거지들이 그러듯이 너희를 태운 카트를 밀고 돌아다니지는 않을 거야, 만일 내가 하는 말이 거짓말처럼 들린다면 너희가 할머니 무릎을 봤어야 하는 건데, 할머니 무릎은 전쟁터에서 공중 폭격을 당한 것처럼 엉망진창이었어, 할머니는 어린 시절에 관절을 소중히 다루지 않아서 거의 무릎을 꿇을 수도 없을 지경이었는데, 그건 주로 발레 때문이었지만 소파에서 점프하던 버릇도 한몫했지, 그래서 할머니는 두 무릎을 잘라내야 했고, 이건 물론 레이저 수술이라는 게 있기 전 이야기인데, 그래도 내 말을 못 믿겠다면 너흰

우리는 듣기를 관두고 계속 뛰어내렸다.

레이저 수술의 등장 이후, 하지만 사춘기 이전, 자의식이 생겨나기 이전, 중등학교* 이전, 돈과 시간과 성별이 힘을 발휘하기 이전. 언어가 덫이 되기 이전, 그러니까 언어가 미로였을 때. 아빠가 살날이 삼십 년 정도밖에는 남아 있지 않게 되기 이전. 생각해보면, 정말이지, 그때가 엄마와 헤어지기에 가장 최선인 때였다.

* 영국에서 11세에서 15~16세까지의 학생들이 다니는 학교.

아빠

"이 이야기는 공짜로 들려주지," 까마귀가 말했다.

"흠." (나는 망상장애에 대한 책을 읽은 이후로 까마귀에 대한 생각을 좀 줄이고, 작업에 집중해보려고 노력중이다.)

"만일 네 아내가 유령이 되었다면, 그녀는 이 집 찬장이나 방구석에서 통곡하고 있지는 않을 거야. 그녀는 더이상 어머니 노릇을 할 수 없다며 한탄하거나 아이들이 엄마 없이 살아가는 모습에 쓰라린 고통을 느끼며 배회하고 있지는 않을 거라고."

"안 그런다고?"

"안 그래. 나를 믿어. 유령에 대해서라면 내가 좀 알거든."

"이야기 계속해봐."

"그녀는 한참 옛날로 돌아가 있을 거야. 너와 만나기 전으로. 그녀는 자기 인생의 황금기였던 어린 시절로 돌아가 있을 거야. 유령들은 어느 한 장소에 머물러 있지 않아. 그것들은 퇴행하지. 네가 오지 않는 잠을 청할 때 나무나 잔디밭을 떠올리는 것, 어린 시절의 안전과 만족을 나타내는 진부한 이미지 속에서 즉각적인 상징적 위안을 구하는 것과 마찬가지야. 유령들이 가는 장소가 바로 그곳이지."

나는 까마귀를 본다. 오늘밤 녀석은 폴리페모스*여서 눈이 하나밖에 없다. 에나멜을 칠해 윤을 낸 8번 당구공 같은 눈알.

"계속 또 해봐. 어서."

"진짜?"

"제발."

"난 서커스 원숭이가 아니야."

"말해줘."

"그 장소는 오히려 어떤 향기, 또는 공감각적 기억에 가까워, 하지만 또 이런 것이기도 해……"

녀석은 가만히 앉아 있다. 녀석은 목을 내밀어대길 그치고, 부리로 쿡쿡 찔러대길 그친다. 이곳에 온 후 처음으로, 녀석은 몸의 자세를 통해 자신이 언제든 난폭하게 돌변할 수 있다고 암시하는 짓을 그만둔다.

---

* 그리스신화에 나오는 외눈박이 거인.

녀석은 내가 본 그 어떤 박제된 동물보다도 가만히 앉아 있다. 죽은듯이 고요하다.

"좋아…… ㅍ ㅍ ㅍ, 맞아, 우우 잠시만, 파람팜팜팜 파라사우롤로푸스 스파이 어머니와 함께 지켜봐 결혼식 잠시만, 이건 무시해, 자 간다……

플레이데이트! 적십자 건물, 쪽마루 바닥, 플림솔즈. 브라우니. 에인절 비스킷.

무화과 롤빵. 댄스 배틀. 무화과 롤빵. 초보자를 위한 패치워크. 보이지 않는 잉크.

추격, 그러니까 내 말은, 술래잡기, 다시 말해서, 붙잡기. 로프 그네. 그녀 아빠의 우람한 두 손.

바위 사이의 작은 웅덩이(요크셔?). 게잡이, 그물, 정어리, 숨기, 기다리기.

헤아리기(주판? 주판알?).

트램펄린/아니스 씨 디저트/ 색칠한 달걀.

연필깎이? 멀리 있는 마법의,* 로버트…… 어쩌고저쩌고, 장미꽃 알레르기가 있는 말 로버트**?"

우린 조용히 앉아 있고, 나는 내가 활짝 웃고 있다는 걸 깨닫는다. 난 녀석이 한 말을 띄엄띄엄 알아듣는다. 나는 녀석을 믿는다. 나는 전적으로, 더없이 즐거운 마음으로 녀석을 믿고, 그것은 매우 친숙하게 느껴진다.

"고마워 까마귀야."

"다 서비스의 일환이지 뭐."

"정말이야. 고마워, 까마귀야."

"천만에. 하지만 부디 명심해, 너에게 나란 존재는 테드가 쓴 노래로서의 전설, 냉혹한 죽음의 까마귀라는 걸, 부디 명심해. 신神을 먹어치우고, 쓰레기를 핥고, 단어를 살해하고, 시체를 훼손하는, 수학을 포기한 개자식 등등의 존재라는 걸."

"테드는 너한테 개자식이라고 한 적 없는데."

"다행이로군."

---

* 영국의 아동문학 작가인 이니드 블라이턴의 판타지소설 『매직 트리*The Magic Faraway Tree*』에서 'Magic Faraway'만을 말한 것.

** 조앤 하일브로너가 쓰고 P. D. 이스트먼이 그린 동화 『장미꽃 알레르기가 있는 말 로버트*Robert the Rose Horse*』.

아이들

옛날 옛날에 자신들의 아버지와 관련된 사실들을 일부러 틀리게 기억하는 두 소년이 살았다. 그러면 혹여나 어머니에 대한 기억을 잊더라도 기분이 나아졌다.

단출한 그들 가족 간에는 수많은 방정식과 이항해야 할 것들이 있었다. 한 아이가 어머니를 살해하는 꿈을 꿨다. 아이는 그게 사실이 아니었음을 확인한 후, 아버지가 물려받은 귀중한 서빙용 은수저를 쓰레기통에 처넣었다. 아버지는 그것을 그리워했다. 아이는 기분이 나아졌다.

한 아이가 점심 도시락 통에 엄마가 "행운을 빌어"라고 써서 붙여놓았던 소중한 메모를 잃어버렸다. 아이는 자기 방에서 혼자 울고 나서, 아버지가 액자에 넣어 걸어둔 존 콜트레인 포스터를 향해 장난감 자동차를 집어던졌다. 액자는

박살이 났다. 아이는 기분이 나아졌다. 아버지는 아버지답게 유리 조각들을 쓸어 담고는 그것을 이해했다.

단출한 그들 가족 간에는 벌줘야 할 것과 예상해야 할 것들이 많았다.

아빠

사내아이들은 싸우면서 큰다.

아이들

추위 때문에 아이 하나가 잠에서 깼다. 그래서 그는 다른 아이를 깨워 아버지가 사라졌어 하고 말했고, 다른 아이는 동의했다. 그들의 어머니도 사라졌었다—그녀는 눈 위에 누워서 자다가 얼어 죽었거나 늑대들에게 잡혀갔다—그래서 그들은 부모 중 한 명이 사라졌을 때 작은 집에서 어떤 냄새와 소리가 나는지 잘 알았고, 그들이 맞았다. 아버지는 사라졌다.

어쩌면, 한 아이가 말했다, 아빠는 돌아올 거야. 다른 아이가 머리를 헝클어뜨리며 눈웃음을 지었다. 아니, 아빠는 돌아오지 않을 거야. 한번 떠나간 아빠는 영영 돌아오지 않는 법이니까.

그리하여 그들은 집안 이곳저곳을 돌아다니며 물건들을 정리하면서 청소 노래를 불렀고, 실제보다 훨씬 뚱뚱해 보이도록 가진 옷을 모두

껴입은 다음, 함께 길을 떠났다.

그들은 사흘 동안 걸으면서 언덕을 굴러내려갈 때만 잠을 잤으므로, 사실상 한 번도 멈추지 않았다. 어린애의 몸은 온데간데없었고 턱수염도 자랐으며, 몸은 잔뜩 껴입은 옷 밖으로 튀어나왔다. 그리하여 나흘째 되던 날 아침 해가 떠올랐을 때, 그들은 커다란 벌거숭이 어른이 되어 있었다.

네 꼴 좀 봐, 한 아이가 다른 아이에게 말했다. 우리 고추 좀 봐, 다른 아이가 자신의 형제에게 말했다.

그들은 우연히 작은 오두막을 발견했고 그 집 문을 두들겼다. 너무나도 아름다운 여자가 문을 열어주자마자 그들은 자신들이 아직 그녀를 어머니로 맞아들일 준비가 되어 있지 않다는 걸 알았고, 그래서 그들은 허둥허둥 집으로 달려갔다, 쉬 마려 쉬 마려 쉬 마려, 언덕을

오르고, 얼어붙은 삼림지대를 지나, 집으로, 계단
위로, 침대 안으로 돌아갔고—두 눈을 꼭
감았고—그들이 깨어났을 때는 아버지가
아침식사를 준비하고 있었다.

아빠

우리는 '맹금류 비행 쇼'를 보러 갔다. 야외로. 깊은 시골 어딘가였고, 그곳에는 여섯 명쯤 되는 할머니들과 무선 마이크를 단 통통한 몸집의 빨강 머리 가이드가 있었다. "오늘 쇼의 주인공인 암컷 새가 여기로 날아옵니다."

첫번째 새는 굉장히 근사하고 거대한, 날개폭이 6피트에 이르는 흰머리독수리였다. 와우, 우리는 말했다. 와우. 아이들은 그 자리에 그대로 얼어붙었다.

"보세요 이제 새가 방향을 틀지 말지 결정하는 모습을, 앗 저런, 바로 저거죠, 날아올라라, 날아올라, 새가 위로 날아오릅니다, 옳지 내 새끼!"

그리고 새는 하늘로 솟구쳤다. 새는 높이 떠올랐다. 우리의 마음도 높이 떠올랐다.

아이들은 플라스틱 좌석을 꽉 붙잡았고, 사로잡힌 새가 순간적으로 기교를 발휘하며 연출해내는 쇼는 시들해졌으며, 나는 그저 흰머리독수리를 보는 것만으로 흥분이 되었다. 그 독수리의 장엄한 외양 때문에.

"오, 또 누군가가 나타났군요, 이게 누구죠? 오, 저런, 저런, 너 이 먹음직스러운 자식 같으니라고, 표현이 과했다면 죄송합니다 여러분. 지금은 봄철이므로 이곳 지역의 까마귀는 자신의 알을 보호하고 있습니다, 여러분이 저 살벌한 독수리로부터 누군가를 보호하는 것처럼요, 저것 좀 보세요! 신사 숙녀 여러분, 쪼그만 놈이 정말 용감하군요. 저 까마귀가, 흰머리독수리의 머리 위를 날고 있습니다!"

나는 옆으로 고개를 돌렸고, 아이들은 무의식적으로 손을 맞잡았다.

"신사 숙녀 여러분, 놀라운 자연의 기적이 벌어지고 있습니다. 지금 여러분은 저 두 마리 새가 상대에 대한 엄청난 존경의 표시로 서로에게 고개를 끄덕이는 모습을 보고 계십니다. 아마 넌 나보다 망할 몸무게가 훨씬 더 나가겠지, 몸집은 아마 내 마흔 배쯤 될 거야, 하지만 네가 내 알 근처에 얼씬거린다면 제대로 난다는 게 어떤 건지 내가 한 수 가르쳐주겠어!"

우리는 벌떡 일어섰다, 우리 셋 모두. 우리는 기립 박수를 보냈다. "힘내 까마귀야!" 우리는 소리쳤다.

"왜 아니겠어요," 얼굴이 벌건 새 애호가, 우리의 친구, 우리의 가이드가 말했다, "망할, 왜 아니겠느냐고요. 힘내 까마귀야!"

힘내 까마귀야. 힘내 까마귀야.

그리고 그날은 아마도 아내가 죽은 후의 내 삶에서 최고의 날이었을 것이다.

아이들

옛날 옛날에 두 아들을 둔 왕이 살았다. 왕비는 다락방 입구에서 추락해 머리를 세게 부딪혔는데 왕국의 하인들은 왕의 조각품에 윤을 내느라 바빴기 때문에 그녀는 과다 출혈로 죽고 말았다. 왕은 종종 시시한 마법의 주문을 풀거나 작은 전쟁을 미연에 방지하는 일들로 바빴다. 사정이 그러했기에 왕자들은 늘 싸웠다.

둘은 서로 뺨을 때렸다. 찰싹 후려치고, 가볍게 잽을 날렸다. 작고 뚱뚱한 나이 어린 왕자('게으름뱅이 이반', 또는 '죄지은 짐승', 또는 '욕심쟁이 늑대'라고 불렸다)는 의자를 형 쪽으로 밀어 형을 차가운 대리석 바닥 위로 구르게 만들었다. 넘어뜨리고, 정강이를 걷어차고, 간지럽히고.

그러더니, 어머니가 더 그리워지고 덜 그리워짐에

따라, 싸움은 잦아들기도 하고 심해지기도 했다.
잘생긴 왕자('굼뜬 왕자', 또는 '나태한 독수리',
또는 '굶주린 사슴'이라고 불렸다)는 동생의
투실투실한 겨드랑이 위로 무릎을 꿇고는,
물렁물렁한 근육에 무릎을 문질러댔다. 그들은
왕의 알현실에서 기다란 왕좌王座 양끝에 몸을
눕히고는, 형제 중 한쪽이 울면서
용서를 빌 때까지 서로를 더욱 세게 차고
차고 차고 차고 또 찼다.

그러더니 그들은 서로를 물었다. 그러더니 그들은
서로를 물에 빠뜨려 죽이려 했다. 그러더니
그들은 서로의 머리카락을 불태우려 했다. 그들은
서로를 꽁꽁 묶었고, 서로의 손목을 비틀었고,
서로의 바지를 엉덩이 사이에 끼게 만들었고,
서로에게 침을 뱉었다.

그러더니 그들은 독약에 관한 책을 발견했고,
서로를 교대로 중독시켰다. 그러더니 그들은
서로를 목매달았다. 그러더니 그들은 서로의

가죽을 벗겼다. 그러더니 그들은 서로를 십자가에 못박았다. 그러더니 그들은 서로의 두개골에 녹슨 못을 때려 박았다.

어느 날 왕은 마침 왕궁의 미로를 거닐다가, 피투성이가 된 두 아들이 석궁으로 무장을 한 채 서로에 대한 살의로 불타고 있는 모습을 우연히 목격하게 되었다.

"내 귀여운 망아지들아, 내 어여쁜 말썽꾸러기들아, 너희는 왜 이런 장난을 치는 거냐?" 왕이 물었다.
"엄마가 너무 그리워서요." 아이들이 노래하듯 일제히 대답했다.

왕은 폭소를 터뜨리며 자신의 불룩한 돼지 같은 배를 쓰다듬었다.

"내 사랑스러운 악동들아, 너희들은 왕이 된다는 게 어떤 건지 배우려면 아직 한참 멀었구나.
그 왕비가 너희 어머니가 아니라는 사실은 그녀가

내 어머니가 아니라는 사실만큼이나 확실하단다. 어느 후궁이 너희 둘을 낳았는지는 오직 신만이 아시겠지만, 내가 왕비라고 부르던 그 '친구의 친구'는 분명 너희 어머니가 아니었어."

그리하여 안도의 한숨을 내쉰 아이들은 화해의 악수를 나눈 뒤 결국 크고 강력한 왕국의 매우 성공한 왕이 되었다.

까마귀

타닥 탁탁, 깡충 콩콩 꽈당, 어서 쓰레기통 속으로, 찬송가를 부르며.

나도 아내를 한 번 잃었지, 그리고 까마귀가 아내를 한 번 잃었다는 건 아내를 수도 없이 잃었다는 것과 마찬가지야. 우우, 집어치워. 방금 뭔가가 떠올랐어.

그는 예배 때 한쪽 무릎을 꿇듯이 날개를 기우뚱하게 펴고, 마치 성호를 긋는 것처럼 틴태절-칼라일을 거쳐 모어컴-오포드를 날아다니며 금지된 산딸기와 어여쁜 교회들로 자신을 독살하려 했지만, 영국의 쓰레기가 그의 목숨을 구했지. 레이라인Ley line* 은 그가 슬픔에 빠질 새도 없이 전국 방방곡곡으로 그를 내동댕이쳤고, 전력 케이블은 타르처럼 검은 뼈와 깃털이 대충 뭉쳐진 덩어리들을 새총처럼 쏘아댔으며, 다른 까마귀들은 하늘에서 비처럼 쏟아져내렸지. 죽은 까마귀 폭풍우, 바위산 꼭대기를 씻어

* 고대의 유적이나 지형지물 등 종교적·문화적으로 중요한 장소들을 연결하는 가상의 선으로, 초자연적 힘을 지녔다고 여겨진다.

내리는 불에 탄 새들. 그러나 우리의 까마귀는 릴트* 캔과 짭짤한 듀렉스**와 B&H***를 조금씩 뜯어먹었고, 마치 기술된 역사가 노동자의 머리 위를 지나가듯 첫번째 폭풍이 그의 머리 위를 지나갔지. 블랙베리, 레드커런트, 로건베리, 야생 자두. 서양 자두, 난쟁이 배, 야생 능금, 멍든 과일. 응혈凝血, 가래, 종양, 그리고 마르멜루.

그는 기름 웅덩이를 들여다보며 자신의 부리가 밝은색으로 칠해진 것을, 거기에 빨간색과 녹색과 보라색과 오렌지색 줄무늬가 생겨난 걸 봐. 빌어먹을 퍼핀 꼴이 된 모습을.

그는 소리를 지르기 위해 입을 벌렸고, 그러자 아름다운 영국의 선율이, 정원의 노래가 흘러나왔어, 마치 한 마리의 지빠귀나 활짝 핀 아이버 거니**** 같았지.

이건 까마귀가 꾼 또다른 악몽이야.

---

* 열대과일맛이 나는 탄산음료 브랜드.

** 콘돔 브랜드.

*** 영국의 담배 브랜드인 '벤슨 & 헤지스'.

**** 영국의 시인이자 작곡가. 흔히 '영국의 슈베르트'라고 불린다.

아이들

옛날 옛날에 우리 아빠는 자신의 영웅인 테드 휴스의 목소리를 실제로 듣기 위해 버스를 타고 옥스퍼드로 갔다. 테드 휴스는 머리가 희끗해져 거의 죽을 때에 가까웠고, 아빠는 이제 막 학교를 졸업했을 때의 일이다. 아빠는 그전까지 한 번도 옥스퍼드에 가본 적이 없었고, 그래서 그곳에 맥도날드 같은 평범한 가게들이 있는 것을 보고 충격을 받았다. 그는 옥스퍼드의 버스 정류장에 캔을 집어던지는 무례한 인간들이 있다는 걸 믿을 수가 없었다. 그는 옥스퍼드에는 이런저런 사색에 잠긴 교수들만 있을 거라 생각했다.

그는 세 시간이나 일찍 도착했고, 그래서 세련된 음반가게에 들어가 레코드를 몇 장 샀다. 그중 한 장은 그가 원치 않던 것이었는데, 점원이 레코드를 잘못 가져다줬을 때 그가 너무

당황한 나머지 그게 아니라는 말을 하지 못했기
때문이었다. 그는 펍으로 가서 기네스 두 잔을
마셨고 담배를 연달아 피웠다. 우리 아빠는
조용하고 의뭉스럽고 로맨틱한 사람이었고, 그때는
실내에서 담배를 피울 수 있던 시절이었다.

우리 아빠는 옥스퍼드의 큰 규모와 현대성에 환멸을
느꼈다. 그는 행사 전에 테드나 피터 레드그로브*와
마주칠지도 모른다고 생각했었다.
그는 자신의 순진함에 당혹감을 느끼며
세번째 잔을 들이켰다. 그는 오시프 만델시탐**의
시집을 읽으면서 밑줄을 긋고 페이지를
접어가며 자신의 노트에 시의 일부분을
옮겨 적고 있었다. 그는 펍에 자신과 같은 행동을
하는 젊은 사색가들이 넘쳐날 줄 알았지만,
펍에는 스퍼스*** 티셔츠 차림에
비글을 데리고 있는 남자 외에는 아무도 없었다.

---

* 테드 휴스와 실비아 플라스의 친구였던 영국 시인.

** 러시아 시인.

*** 영국의 축구팀 '토트넘 홋스퍼(Tottenham Hotspur)'를 줄여서 부르는 말.

우리 아빠는 버스 정류장 옆에 있는 거지같은 펍에 있었다.

그는 휴스와 플라스에 대해 가장 최신의 견해를 지니고 있었다. 그런 견해들 가운데 하나는, 그게 다 지나간 과거의 이야기라는 것이었다. 온갖 헛소리는 그만 집어치우고, 전기적인 사실을 가지고 편가르기식 말싸움을 하는 대신 시를 객관적으로 평가해야 할 때였다. 우리 아빠는 친親테드파였다. 그는 버스를 타고 옥스퍼드로 가는 길에, 벽에 나무판자를 덧댄 펍에서 한 무리의 시끄러운 플라스 팬들과 격렬한 논쟁을 벌이는 자신의 모습을 상상했었다. "알았어요, 알았어, 『강』*은 인정해드리죠." 그들이 이렇게 말하면, 아빠는 "좋아요, 나도 『거상巨像』**을 다시 한번 읽어보도록 하죠" 하고 말할 것이었다.

* 테드 휴스의 시집.

** 실비아 플라스의 첫 시집으로, 출간 당시에는 큰 주목을 받지 못했다.

아빠에 대해 공정하게 말하자면, 그는 진지파였다. 조용하고 의뭉스러웠으며, 쿨한 것과는 애처로울 만큼 거리가 멀었다. 우리는 가능한 한 최고로 심하게 아빠를 놀려줘야 했다. 엄마도 그러길 원했을 거라고, 우리는 확신했다. 그것이 우리가 아빠를 사랑하고 아빠에게 고마움을 표하는 최선의 방식이었다.

그는 티켓을 보여주고 무료 음료수를 받았다.

그는 티켓을 챙겼고, 그 티켓을 여전히 자신의 '테드 폴더'에 보관하고 있다.

그는 앞에서부터 중간쯤 떨어진 자리에 앉았다.

그는 자신의 영웅을 기다렸다.

(지저분하게 자국이 난 양장본을 손에 든 덩치 큰 남자일 거야, 아마 바버 재킷을 입고 있겠지,

어쩌면 데번 농장의 악취를 훅 풍기거나 연어 내장 기름으로 주머니가 얼룩져 있을지도 몰라. 그의 상징인 헝클어진 머리는 가늘어지고 희끗희끗해져 있겠지, 아빠는 그렇다는 걸 알고 있었다, 그렇지만 헤어스타일은 어떨까? 어쩌면 계관시인답게 말쑥한 스포츠머리를 하고 있을지도 몰라. 계속 셰익스피어 얘기만 할까,* 아니면 시도 한두 편 읽을까? 신작 시 한두 편쯤은 읽겠지, 테드? 당신의 젊은 팬들을 위해서? 당신을 존 던과 존 밀턴처럼 떠받드는 소년들을 위해서?)

마침내 자리에 모습을 드러낸 테드는 몸이 좀 안 좋아 보였다.

작가와의 대화는 경건한 안개 같은 분위기 속에서 진행되었다. 그는 그날 테드 휴스가 시종일관 셰익스피어에 대해서만 이야기했으며,

---

* 테드 휴스는 셰익스피어의 열렬한 팬으로, 셰익스피어 연구서와 선집을 출간하기도 했다.

패널 중 한 명이 테드에게 적대적이었다는 것 외에는 그날 일에 대해 별로 기억하는 게 없었다.

질의응답 시간이 되었고, 열여덟 살짜리 우리 아빠는 이미 질문할 준비를 마친 팬답게 목 위가 벌겋게 달아올라 있었고 손바닥은 땀으로 흥건했다. 뒤에 계신 분, 캘리밴*과 제국에 관한 질문. 네, 옆쪽에 계신 여성분, 악평에 관한 질문. 네, 여기 앞에 계신 남성분, 실비아에 관한 질문, 이어서 테드에 관해 빠삭한 관객들이 내쉬는 한숨, "관련이 없는 질문이네요"라는 사회자의 공손한 대답. 그러더니, 오 기쁘고 또 기쁘도다, 네, 가운데 계신 젊은 남성분.

아빠는 자리에서 일어났고, 그것은 우스운 일이었는데, 왜냐하면 다른 사람들은 누구도 일어나서 질문하지 않았기 때문이었다. 우리는 아빠가 자리에서 일어났다는 사실에 낄낄댄다.

* 셰익스피어의 『템페스트』에 등장하는 반인반수의 노예.

그의 질문은 매우 길고 매우 진지했으며, 약간 모호하게 들리긴 했지만, 어쨌건 그것은 핵전쟁, 검열, 그리고 공해와 제임스 1세에 관한 것이었다. 테드는 고개를 끄덕였고, 미소를 지었고, 다시 고개를 끄덕였고, 사회자는 "감사합니다, 멋지네요, 질문이라기보다는 에세이에 가깝군요, 그래도 감사드립니다. 죄송하지만 시간이 다 됐어요" 하고 말했다.

얼굴이 새빨개진 아빠는, 막 눈물을 쏟기 직전의 심정이 되어, 엉덩이뼈가 아플 정도로 세게 자리에 앉았다.

아빠가 이 이야기를 들려주자 엄마가 실제로 눈물을 흘린 적이 한 번 있었다, 하지만 기다려요! 기다려! 우리는 모두 외친다. 기다려요 아빠, 이런 가엾은 등신! 아빠가 사회자한테 망신을 당한 게 끝은 아니잖아요! 이래서 우리가 아빠를 사랑하고 조롱하는 거예요. 해피 엔딩이

기다리고 있잖아요.

우리 아빠가 출구 쪽으로 발을 질질 끌며
걸어가고 있을 때 시인의 큼지막한 손이
아빠의 어깨를 툭 쳤고, 테드 휴스의 심해처럼
고요히 웅웅대는 저음, 따스한 요크셔 억양이
지닌 다정함이 행복한 아빠를 온통 감싸안았다.

"그렇습니다," 휴스가 아빠의 눈을 바라보며
말했다.
"그렇다고요?" 우리 아빠가 말했다.
"넵," 휴스가 대답하고는 뒤로 돌아섰다.

그리고 우리 아빠는 자신이 무슨 질문을
했었는지 잊었고, 테드 휴스는 죽었고, 우리
엄마도 죽었고, 나의 형제는 나에게 또다른
버전의 옥스퍼드 이야기를 들려준다.

| 3부 |

이제 그만 가봐도 될까

까마귀

이건 네 아내가 어떻게 죽었는지에 대한 이야기야.

아빠

마음이 변했어. 그 이야기는 듣고 싶지 않아.

까마귀

하지만 그게 바로 핵심이잖아. 그녀는 머리를 쿵 박아버렸어.

아빠

까마귀야, 정말이야, 괜찮다고. 나도 알아. 알려줄 필요 없어.

까마귀

어련하시겠어.

아빠

까마귀에게,

언젠가 너는 내 침대 옆으로 와서 검은지빠귀의 목소리로 내게 다시는 결혼하지 말라고, 마음의 문을 봉쇄하고 정관을 묶어버리라고 말했지. 우리 까마귀들은 일부일처제야, 라고 넌 말했어. 그러고는 내 이마를 너의 볼록 튀어나온 부리로 톡톡 두드렸지.

그러더니 또 나중에, 너는 내 침대 옆으로 와서 내게 테드 이야기를 들려줬지. 너는 요크셔 선생님의 목소리로 내게 새 출발을 하라고, 애인을 찾으라고, 마음가짐을 바꿔보라고, 아이들을 생각하라고 말했어. 힘을 좀 써봐, 라고 넌 말했지. 너는 '새엄마' 소리를 듣기 좋아하는 상냥하고 젊은 여자와 함께 살아야 해. 같이 몸을 섞으라고. 나는 이불을 걷어 젖히고 팔다리를 마구 흔들어대며 너를 향해 침을 뱉었지만 너는 이미 그곳에 없었고, 나는 네가 했던 말과 내가 했던 생각 사이에 납작하게 짓눌린 채로 잠이 들어야 했어.

오지 않는 잠.

날카로운 모서리.

입에서 나는 악취.

아이들

언젠가 우리가 부엌 식탁에 앉아 어떤 그림을 그리고 있었는데, 아빠가 "피카소가 얼마나 중요한 화가인지에 대해서는 아무리 여러 번 생각해도 지나치지 않아"라고 말했고, 나의 형제가 "아빠 꼰대다!" 하고 말하자 아빠는 말 그대로 배꼽을 잡고 웃느라 배가 다 아플 지경이었다.

우리는 아빠를 욕하고 조롱했다. 그러면 아빠가 엄마를 떠올릴 것 같아서.

옛날 옛날에 우리는 할머니와 함께 우리만의 비밀 공간을 찾아갔다. 그곳은 한때 바다였던 곳으로, 붉은 모래가 반원형의 벽을
이루고 있는 거대한 공간이었다. 벽을 발로 차면 조개껍데기가 떨어지곤 했다. 이곳은 눈부시게 샛노란 유채밭 한가운데에 있었다.

아빠는 오지 않았다. 그날 일은 아빠와는 아무 상관도 없는 것이었다.

아빠

그녀는 감기에 걸렸었다. 아내가 아픈 건 좀처럼 드문 일이었다. 아이들은 어렸고 밖은 눈으로 뒤덮여 있었으며 아내는 우리가 집안에서 날뛰는 꼴을 참아줄 수 없었으므로, 우리는 옷을 갈아입고 공원으로 썰매를 타러 갔다. 아내가 없으니 우리 꼴은 한심했다. 아이들은 자기들 모자가 어디 있는지도 몰랐다. 아이들은 끈으로 연결된 손모아장갑 양쪽을 패딩 소매 안으로 집어넣을 수 없었고, 다른 덩치 큰 아이들이 언덕에서 썰매를 타고 있는 꼴을 보고 싶어하지도 않았다. 절망적이었다. 내가 장화도 신기지 않은 채 아이들을 데리고 나오는 바람에, 길을 채 다 내려가기도 전에 아이들의 작은 발가락이 아려오기 시작했다. 아이들은 둘 다 징징댔고, 우리는 셋 다 엄마 없이는 제대로 되는 게 아무것도 없다는 걸 실감했다. 아이들은 나를 동정했다. 나는 아버지로서의 내 탁월함이 전적으로 아내에게 의존한 덕분이었음이 드러나자 심한 당혹감을 느꼈다. 만일 그날이 우리가 앞으로 살아가야 할 날들의 최종 리허설이었다는 걸 알았더라면, 나는 자 다들 힘을 좀 내봐 요 똥덩어리들아, 혹은 날 도와줘, 하고 말했을지도 모른다. 혹은 날 데려가, 대신 날 데려가줘 제발, 하고.

아빠

까마귀가 두려워하지 않는 것들:

테드.

실비아 플라스의 전기.

신.

풍력발전소.

엄마 없는 아이들.

흰머리독수리.

타르 인형.*

허수아비Scarecrow.

인간.

죽음.

까마귀가 두려워하는 것들:

이혼.

---

* 『리머스 아저씨의 노래와 이야기』에 등장하는 인형으로, 토끼군(Bre'r Rabbit)을 붙잡기 위한 도구로 사용된다. '빼도 박도 못하는 수렁 같은 상황'을 의미하기도 한다.

플롯.

비즈니스.

가톨릭 신자들.

가시철조망.

농약.

뒷말.

박제술剝製術.

키스 세이거.*

* 영국의 비평가로, 테드 휴스 전문가이자 그의 친구였다.

아빠

약 이 년 후, 너무 이르지만 또한 가장 적절한 시기에, 나는 심포지엄에서 만난 여자인 플라스 연구자를 집으로 데려왔다.

그녀는 재미있고 똑똑했으며, 엿같은 상황 속에서도 최선을 다했다. 아이들이 위층에 잠들어 있었기 때문에 우리는 아무 소리도 내지 말아야 했다.

그녀는 살결이 부드럽고 예뻤고, 그녀의 벗은 몸은 내 아내의 그것과는 달랐으며, 그녀의 숨결에서는 멜론 향이 났다. 하지만 우리는 내 아내가 샀던 소파 위에 있었고, 내 아내가 받았던 잔으로 와인을 마시고 있었고, 내 아내가 그린 그림 바로 아래에 있었고, 내 아내가 죽은 바로 그 아파트에 있었다.

나는 많은 여자와 섹스를 해본 경험이 없었으며, 오직 아내와 함께, 아내가 좋아하는 것을 하는 데에만 능숙했다. 나는 아내에게 하던 것들을 하고 싶지 않았고, 내가 그것들을 해야 하는지 말아야 하는지에 대해서도 생각하고 싶지 않았고, 그런 생각 자체를 아예 떠올리고 싶지 않았다. 한마디로 나는 그녀의 이에 이를 부딪쳤고, 그녀의 허벅지를 무릎으로 찍었으며, 그러고는 미안하다는 말을 너무 많이 했고, 그러고는 너무 빨리 사정했고, 그러고는 과도하게 애를 썼으며, 그러고는 발기가 제대로 되지 않았다.

하지만 섹스는 훌륭했고 그녀는 사랑스러웠다. 우리는 창가에 앉아 그녀의 독한 담배를 피우며 그동안 우리가 읽은 것들 가운데 실비아나 테드가 쓴 것이나 그들에 관해 쓴 것을 제외한 모든 글들에 대해 이야기를 나누었다.

그녀는 떠났고 나는 유쾌한 기분이 드는 것에 대해 불안감을 느꼈다. 나는 방금 이 아파트에 처음 들어온 사람이라도 되는 양, 여기저기를 큰 걸음으로 걸어다니며 집안 곳곳을 지나치리만큼 살펴댔다. 나는 아이들 방안을 잠깐 들여다보았다.

*

아래층으로 내려오자 까마귀가 소파 위에서 내가 아랫도리를 움직이며 신음소리를 내던 모습을 그대로 흉내내고 있었다.

아이들

우리의 삶은 십 년을 주기로, 정신없이
흘러가는 꽤 큰 덩어리의 시간들, 그리고 거대한
멜랑콜리의 싱크홀을 오가는 방식으로
규정되었던 것 같다.

사실 다른 이들도 다 그러하듯이.

우리는 어느 날 엄마가 나타나서 이 모든 게
시험이었다고 말할 거라고 생각하곤 했다.

우리는 우리 둘 다 엄마가 죽었던 바로 그
나이에 죽을 거라고 생각하곤 했다.

우리는 엄마가 거울을 통해 우리를 볼 수 있다고
생각하곤 했다.

우리는 엄마가 비밀 요원이어서, 아빠에게 돈을

보내주고 새로운 정보를 얻어가는 거라고
생각하곤 했다.

우리는 엄마가 계속 나이를 먹도록, 절대 옛날에
갇히지 않도록 세심한 주의를 기울였다. 아빠가
할아버지가 되었을 때, 엄마를 할머니라고
부르도록 세심한 주의를 기울였다.

엄마가 우리를 좋아했으면 좋겠다.

아빠

사랑하는 아들에게,

네 엄마가 세상을 뜬 지 삼 년째 되던 어느 크리스마스 날, 아빠는 너희 둘을 재우고 소파에 누워 레드 와인을 마시며 R. S. 토머스를 읽고 있었는데, 그때 네 엄마가 걸어들어와서는 안녕, 하고 말했어. 그녀는 벌거벗은 채 양말만 신고 있었지(살아 있었을 때도 결코 보기 좋은 모습은 아니었어). 그녀는 깔개에 발이 걸려 몸을 휘청이다가 커피 테이블에 무릎을 쿵 찧었어. 우리는 위층으로 올라갔고, 나는 그녀의 상처에 아르니카 크림을 발라줬고, 우리는 약품용 찬장이 엉망인 것을 두고 말다툼을 벌였어. 그런 다음 우리는 너희 양말을 선물로 가득 채웠고, 너희 방으로 살금살금 걸어들어가 침대 옆에 그것들을 놓아두었지. 그러고 나서 나는 자러 갔고 네 엄마는 한동안 앉아서 책을 읽었어.

이 이야기는 완전히 사실이란다.

얌전히 잘 지내고 있니? 할일을 하고 못하고에 대해서는 걱정하지 말렴, 그건 그리 중요한 게 아니니까.

사랑한다,

아빠가

아이들

우리 형제 중 한 명이 다른 한 명의 자리에 들어간 다음 가만히 앉아서 무진장 애를 써봤지만 화를 참을 수 없었다. 그 한 명은 바로 나다. 나는 몇 년간 힘든 시간을 보냈고, 지금은 괜찮아졌다. 하지만 나는 조용한 성격이며 감상적이지 않다. 나의 형제는 까아아아악 하고 외치고 그들에게 말을 건다. 내 인생에서 끔찍했던 그 몇 년은 얼룩진 까마귀였다. 그리고 털어놓을 작은 비밀이 하나 있다. 나는 심지어 그 책을 읽어본 적도 없다. 나는 휴스가 싫고 시가 싫다.

광기. 허세. 부정. 방종. 허튼소리.

십대 시절에 나는 까마귀를 쏘려고 공기총을 들고 들판으로 나갔다. 나는 한 마리를 쏘았고 계속해서 쏘고 싶었다. 나는 그 고약한 부리를 가진 검은 새들의 시체를, 모닥불을 피울 수 있을 만큼 한가득 쌓고 싶었다. 하지만 녀석들은 매우 영리해서 내가 무슨 짓을 꾸미고 있는지를 알았고, 계속해서 충분히 먼 거리를 유지했다.

나는 죽은 까마귀 한 마리에게로 돌아갔고, 때마침 녀석이 다리를 절뚝거리며 뾰족한 부싯돌로 뒤덮인 땅을 가로질러가고 있는 것을 보았다.

아빠는 몇 명의 여자친구를 사귀었지만 절대 재혼은 하지 않았고, 그게 모두를 위해 최선인 듯 보였다.

나는 동생이기도 하고 형이기도 하다.

아빠

일 년 혹은 이 년이 지난 후, 하나의 관념으로서의 '다음 단계'

로 나아가야 한다는 의견이, 선의를 품은 여자들을 대신하여 그들의 친절한 남편들에 의해 제기되었다. 우리를 사랑했던 그 여자들, 나를 아이 취급했던 그 여자들.

오, 나는 말했다, 우리는 다음 단계로 나아가고 있어요. 우리는 브레이크가 고장난 끝내주는 고물 자동차 세 대처럼 허공을 가로지르며 아주 빌어먹을 속도로 돌진해 가고 있어요, 고마워요 제프리, 진에게도 안부 전해줘요.

하나의 관념으로서의 '다음 단계'로 나아간다는 건 멍청한 사람들이나 하는 생각이다. 지각 있는 사람이라면 누구나 슬픔이 장기 프로젝트라는 걸 알기 때문이다. 나는 서두르길 거부한다. 우리가 떠안은 이 고통은 그 속도를 늦추거나 올리거나 바로잡을 수 있는 성질의 것이 아니다.

그래서 나는 어느 여름날 짙은 남색으로 물든 한밤중에 아이들의 방안으로 걸어들어가 그들의 숨소리를 듣는다. 발에 차이고 헝클어진 이불, 로봇과 해적 그림이 그려진 홑이불 밖으로 튀어나온 작고 부드러운 팔다리와 갖가지 봉제 인형들. 아내와 나는 이 방에 들어와 아이들에게 이불을 꼭 덮어주며 너무나도 완벽히 잠든 아이들의 모습에 놀라곤 했다. 우리는 아이들이 너무 아름답다며 소리 내어 웃었다—"이건 말도 안 돼!" 하고 우리는 말했다. 그건 정말이지, 말도 안 되는 광경이었다.

그리고 나는 그곳에 서서 아이들이 내쉬는 숨을 들이쉬며—언제나처럼—생각했다. 연약함, 위험, 행운, 결함, 우연, 친절을 베푸는 것, 익살을 떠는 것, 솔직해지는 것, 두 눈, 머리카락, 뼈 같은 것들, 그리고 믿기 어려울 만큼 부지런하면서도 고요하게 저절로 재생되는 표피에 대해서. 절대 초조해하지 않고, 언제나 키스하고 싶게 만드는, 심지어 딱지가 앉았을 때도, 아무리 짭짤한 맛이 나도 키스하고야 말게 만드는 표피에 대해서. 그리고 나는 아이들에 대한 나의 이 커다란 사랑 덕분에 완전히, 철저히 내게서 떨어져나가버린 그 수많은 밤들에 대해 생각하고는, 아이들에게 큰 소리로 물었다:

너희들은 다음 단계로 나아가고 싶니?

대답이 없었다.

우리가 다음 단계로 나아갈 때가 된 걸까?

콧구멍을 어지러이 휙 스치고 지나는 공기, 재잘거리는 혀들, 한숨, 어린아이들이 꿈을 꾸고 있는 아파트 꼭대기 층 방안의 부드럽고 보이지 않는 농축된 상층의 대기.

그래 아냐, 나는 말했다, 아빠도 동의해, 우리는 잘해나가고 있어.

방에서 나올 때 까마귀가 내게 따라붙더니 문을 닫고는, 내게 친밀한 헤드록을 걸었다.

넌 혼자가 아니야, 꼬맹아.

아이들

옛날 옛날에 나는 다 큰 어른이고, 내게는 아이가
있다. 그리고 아내도 있다. 그리고 차도 있다. 내
말투는 약간 아빠 같다.

우리는 차를 타고 칠턴스, 다운스, 무어스, 브로즈*를 달리며 '영국인들을 위한 영국 휴일'을 노래로 만들어 불렀다. 우리 아빠도 그랬었다. 그는 우리에게 영국이라는 나라를 알려줬다. 카더 이드리스, 싱글 스트리트, 말리안 스파우트.** 이제 내 작은 아들은 까마귀를 보면 "까악" 하고 소리치는데, 그건 내가 까마귀를 보면 까아아아악 하고 소리치기 때문이다.

나는 우리 가족의 친구인 까마귀에 대한 이야기를 들려준다. 아내는 고개를 절레절레 흔든다. 아내는 내가 상상의 존재인 까마귀와 함께했던 가족 휴가를 좋은 기억으로 떠올리는 것을 기이하게 여기고, 그러면

---

* 칠턴스는 런던 북서부에 위치한 언덕인 칠턴 힐스를, 다운스는 잉글랜드 서부의 언덕을, 무어스는 잉글랜드의 노스요크무어스국립공원을, 브로즈는 잉글랜드의 노퍽 카운티와 서퍽 카운티에 걸쳐 있는 브로즈국립공원을 가리킨다.

** 카더 이드리스는 웨일스 북서부에 있는 산, 싱글 스트리트는 잉글랜드 동남부에 있는 작은 해안 마을, 말리안 스파우트는 잉글랜드 북동부에 있는 폭포의 이름이다.

나는 아내에게 그건 까마귀가 아닌 다른 무엇이었어도 좋았고, 일이 이런 식으로 풀릴 수도 있었고 저런 식으로 풀릴 수도 있었지만, 어쨌거나 결과적으로는 다소 이로운 존재였다는 사실을 다시금 상기시켜준다. 우리는 엄마가 그립다, 우리는 아빠를 사랑한다, 우리는 까마귀들을 향해 손을 흔든다.

그건 그렇게 기이한 일이 아니다.

아빠

"이것-좀-들어봐, 놓치기엔-너무-아까워, 람-빰-빠-빰-빠라-라아암."

뿌웅!

"저리 가 까마귀야."

남자 너는 네가 뭔가 쪼아먹을 만한 가치가 있는 걸 발견했다는 사실을 어떻게 알지?

새 글쎄, 관건은 늘 준비된 상태를 유지해야 한다는 것이고, 그것은 본능적 차원의 문제(굶주림, 악덕 등등)인 동시에 실용적 차원의 문제(괜찮아 보이는 과자 봉지, 괜찮아 보이는 홀아비)야. 너는 내가 너에게 행했던 몇몇 초창기 작업들, 원시적인 까마귓과의 상스러움인 줄로만 알았던 것이 실은 고도로 계산된 관리 프로그램, 너의 회복에 미묘하게 반응하도록 설계된 프로그램이었다고 회고하게 될 거야.

남자 네가 기대했던 것만큼 내가 잘 반응했나?

새 기대 이상으로. 하지만 공은 아이들과 마감 날짜로 돌려야겠지. 난 네가 출판사에 '까마귀 에세이' 최종 원고를 보낼 때쯤이면 내 일이 마무리되리라는 걸 알고 있었어.

남자 이제 난 슬퍼하지 않게 되는 건가?

새 아니, 천만의 말씀. 넌 그저 절망하지 않게 된 것뿐이야. 슬픔은 네가 여전히 느끼고 있는 것이고, 슬퍼하는 데 까마귀의 도움이 필요하진 않지.

남자 나도 동의해. 그건 늘 변하지.

새 슬픔 말이야?

남자 응.

새 그건 모든 것이야. 그것은 자아의 기본 뼈대를 이루는 것이고 아름다울 만큼 무질서하지. 그것은 자연의 여러 형태들과 수학적 특성을 공유해.

남자 이를테면?

새 어디서부터 시작해야 할까. 오, 날개. 똥? 파도? 벌집? 덩굴손? 창자? 뼈? 날개, 이건 아까 말했고, 고양이 문, 잠깐만, 아냐, 잠깐만, 모자, 과자, 의자, 오소리, 갈고리, 매부리, 내 새부리 속 개구리 속……

남자 어처구니가 없군.

혹시라도 아내의 유령이 내 주변을 서성이고 있다면, 지금이야말로 아내가 나타나 "이제 까마귀더러 떠나라고 하지 그래" 하고 내 귓가에 속삭여줄 때라는 기분이 든다.

아이들

우리가 아빠에 대해 아는 사실은 이렇다.
아빠는 조용한 아이였다. 아빠는 가족끼리 산책하는 와중에 옆길로 샜고, 뭔가를 끼적이고 그렸으며, 학교의 거친 아이들로부터 쉽게 상처받았다. 아빠는 산수에는 젬병이었다. 아빠는 인생의 첫 이십 년을 독서로 보냈고, 축구는 그렇게 못하지는 않았지만 썩 잘하지도 못했고, 그러면서 엄마를 기다렸다. 아빠는 그리스신화와 러시아 작가들과 제임스 조이스를 사랑했다.
아빠는 우리의 아빠가 되길 기다리고 있었다.

그런 다음 엄마와 아빠는 사랑에 빠졌고, 그들의 관계는 자연석을 맞물려 쌓아올린 듯 튼튼하고 오래갔고, 사람들은 안락함과 기쁨과 자연스러움에 대해, 그 둘의 냄새가 하나의 냄새, 즉 우리의 냄새가 됐다는 사실에 대해 이야기했다.
바로 우리에 대해서.

그후로 아빠는 더 조용해졌다. 아빠는 이삼년 동안, 어느 모로 보나 몹시 이상하게 굴었다. 아빠는 늘 표류하는 사람처럼 보였고 또 그렇게 행동했다. 맥주 같은 금빛 저녁노을 속에서 몸을 돌렸다가 여전히 남아 있는 온기를 느끼고 놀라는 사람처럼. 앞으로 굽은 어깨와 반쯤 찡그린 어중간한 미소. 하루하루 천천히 엄습해오면서도 영원히 계속되는 당혹스러운 슬픔에 어쩔 줄 몰라하는 사람. 이제 와서 생각해보면, 그건 아마 우리 때문이었을 것이다. 아빠는 분노할 수 없었다. 아빠는 죽기를 바랄 수도 없었다. 아빠는 자기 눈앞에서 영국의 여름날*에 주근깨투성이 얼굴로 활짝 웃으며 트랄랄라 트랄랄라 노래하고 있는 부재不在를 향해 욕을 퍼부을 수도 없었다. 만일 까마귀가 아빠에게 뭔가 가르쳐준 게 있다면, 그건 아마도 끊임없이 균형을 유지하는 법이었을 것이다. 어쩔 수 없이

* '영국의 여름(English summer)'이라는 말은, 해가 떠야 할 날씨임에도 비가 내리고 있는 아이러니한 상황을 가리키는 표현으로도 쓰인다.

속된 표현을 쓰자면: 신념.

큰 소리로 울부짖으며 미안하다고 외치는 말,
다시 말해서 '네, 그래요' 다시 말해서 '고마워요'
다시 말해서 '계속 전진'.

아빠

테드 휴스에 대한 나의 작은 책은 꽤나 성공적이었다. 〈TLS〉* 에 서평도 실렸다:

"테드 휴스나 그의 시에 대한 추정적 비난을 단호히 거부한다는 점에서, 이 책은 분명 그 둘을 진정으로 아끼는 팬들에게 즐거움을 선사할 것이다."

책을 출간한 맨체스터 기반의 별 볼 일 없는 출판사는 내게 점심을 사줬다.

나는 그에게 까마귀가 주석을 단 테드 휴스 전집을 출간하는 건 어떻겠느냐고 말했다.

"배질 번팅**에 대한 책은 어때요?" 그가 말했다.

---

* 영국 신문 〈타임스〉의 주간 서평 섹션인 〈타임스 리터러리 서플리먼트*Times Literary Supplement*〉.

** 영국의 모더니즘 시인.

나는 까마귀가 테드의 작품을 교란할 거라고, 도해圖解하고 오염시킬 거라고 설명했다. 그것은 더 심도 있는, 진정으로 거침없는 분석, 중대한 심판이자 복수 행위가 될 것이었다. 그것은 스크랩북, 콜라주, 그래픽노블, 예술 형식들 간의 경계를 허무는 작업이 될 것이었다. 왜냐면 까마귀는 트릭스터*이니까. 까마귀는 오래된 동시에 포스트모던하고, 일러스트레이터이고, 편집자이고, 반달리스트이고……

"계산서 달라고 할까요?" 나의 편집자가 말했다. "이제 다른 작업으로 넘어가셔야죠. 파이퍼와 베처먼**에 대한 작은 책을 써보는 건 어떨까요?"

그래서 나는 까마귀와 결별을 논의해보기 위해 집으로 돌아왔다.

---

* 신화나 옛이야기에 등장하는 장난꾸러기 캐릭터로, 주로 질서를 교란하거나 규범을 파괴하는 역할로 등장한다. 트릭스터는 동물의 형상을 하고 있거나 동물의 이름을 가진 경우가 대부분이다.

** 존 파이퍼는 영국의 화가 겸 장식 디자이너로, 영국의 계관시인 겸 작가인 존 베처먼의 책에 삽화를 그리기도 했다.

나는 녀석을 발견할 수 없었다. 대신 나는 아이들이 화장실 천장에 젖은 휴지 뭉치들을 집어던져놓은 광경을 발견했고, 그러면 페인트에 얼룩이 진다고 아이들을 나무랐던 게 다 헛수고였다는 사실에 화가 치밀었다. 그걸 다 치우고 아이들 저녁을 준비하고 아이들을 잠자리에 눕히고 났을 때쯤 나는, 당연하게도, 까마귀가 떠났다는 걸 깨달았다.

까마귀

이제 그만 가봐도 될까, 내 임무는 끝났어.

이제 그만 이 순환 고리, 아이들/아빠 사이의 경계, 깡충/힐끔/깡충/정지의 굴레에서 벗어나도 될까.

이제 그만 예감을 따르는 일, 점심을 싸들고 애도를 사냥하러 가는 일을 관둬도 될까?

꿈에서 내가 그녀를 발견했을 때 그녀의 팔은 시퍼렜어,

내가 건드린 부분은 붉었지, 반응했어, 조금 쪼아봤어, 아무 반응도 없나?

비할 데 없이 윤기 없고 통통한 살점이 뼈로 변했어,

가정에서 벌어진 사고.

그녀는 머리를 쿵 박아버렸어, 꿈을 조금 꿨어, 아팠지, 잠을 잤어, 일어나더니 쓰러졌어,

드러누운 채로 죽었지. 한쪽 귀에서 흘러내린 약간의 핏방울.

깡충/힐끔/킁킁/쩝쩝/관두는 게 좋겠어. 완전한 시간 낭비.

생기 없는 뺨, 생기 없는 정강이, 발과 발가락. 결혼반지. 미소.

의사들이 도착하고, 학교에 간 아이들은 계속해서 배우고, 또

배우고.

이제 다시 네 이야기로 돌아와서, 영국인 홀아비, 나뭇잎으로 뒤덮인 머리,

꾸준한 속도로 오르는 벼랑, 신음, 언덕, 헐떡거림,

급여, 시험, 불상사, 거짓말과 희열의 순간,

야생화 목초지처럼 시들어버린 모든 두려움. 적절한 시점에 다시 시작해.

어떤 아빠들은 이러고, 어떤 아빠들은 저러지. 누구는 천성이 사악하고, 누구는 꽤 다정해.

가지를 쳐줬어, 기둥을 쭉 박아줬지, 지금껏 늘 그랬듯. 탄력 있게 콕콕 쪼고, 킁킁 냄새를 한 번 맡고 에취 재채기를 한 번 하고 나면 모든 게 끝이야.

윗부분을 잘라줬어, 잘 자라도록.

엄마를 그리워하는 일에 관한 한, 그들은 전문가였어. 나에게는 더없는 기쁨이었지.

그저 착하게 굴고 새들의 목소리에 귀를 기울여.

상상의 동물들 만세, 필요성 만세, 수용력 만세.

그저 얌전히 굴고 네 형제를 잘 보살펴.

아이들

아빠는 이제 우리가 엄마의 유골을 뿌릴 때가
됐다고 말했다.

아빠는 아침에 학교에 전화를 걸어 우리가
바이러스성 식중독에 걸렸다고 말했다. 저는 지금 격리
병동에 있어요, 아빠가 학교 직원에게 농담을
했다, 상황이 안 좋아요, 무슨 말인지 아실지
모르겠지만, 애들이 앞뒤로 쏟아내고 있다고요.

우웩. 우린 웃었다.

요 녀석들, 당장 침대 밖으로 튀어나오렴. 코트
입고, 모자 쓰고, 어서 출발하자.

아빠

우리는 아내가 사랑했던 장소로 갔다. 나는 차를 타고 가던 도중에 아이들에게 엄마가 죽은 후로 내가 줄곧 유별난 아빠였다는 사실을 깨달았다고 말했다. 아이들은 내게 걱정할 것 없다고 말했다. 나는 아이들에게 까마귀와 관련된 온갖 터무니없는 일들은 이제 끝났으며, 앞으로 강사 자리를 좀더 알아볼 계획이고 테드 휴스에 대한 생각은 그만할 거라고 말했다.

아이들은 내게 걱정할 것 없다고 말했다.

우리는 차를 세워두고 바람을 맞으며 비스듬히 걸어갔다.

우리는 오줌을 쌌고 오줌은 불어오는 바람에 밀려나 우리의 바지를 적셨다.

아이들이 조약돌을 파내는 동안 나는 깜박 잠이 들었고, 내가 깨어났을 때는 아이들이 머리에 후드를 뒤집어쓴 채 내 옆에서 경호원들처럼 잠이 들어 있었다. 나는 따스함을 느꼈다.

나는 아이들을 깨우지 않았다. 나는 해안가로 걸어갔다. 나는 무릎을 꿇고 유골이 담긴 양철통을 열었다.

나는 아내의 이름을 불렀다.

나는 「사랑 노래」*를 낭송했다. 나는 무척 좋아하지만 아내는 늘 대수롭지 않게 여기던 그 시를. 나는 그 시를 읽은 것에 대해 사과했고, 내 스스로에게 걱정할 것 없다고 말했다.

유골이 동요하기 시작하면서 조바심을 내는 듯했으므로, 나는 양철통을 기울이고는 불어오는 바람을 향해 외쳤다.

사랑해 사랑해 사랑해

그리고 유골은 하늘로 솟구쳤고, 한 점 구름처럼, 채 구름이 되지 못한 구름처럼, 과학적으로는 재빠르고 시각적으로는 절망적으로, 몰살당해 불태워진 작은 새들처럼 잿빛 하늘을, 잿빛 바

* 테스 휴스의 『까마귀』에 수록된 시.

다를, 새하얀 태양을 얼룩지게 하더니, 이내 사라져버렸다. 내 뒤에는 아이들이 와 있었다. 파도처럼 일어나는 웃음소리 그리고 고함소리와 함께, 아이들은 내 두 다리를 껴안았고, 발을 헛디디다 서로를 움켜잡았고, 뛰고, 돌고, 휘청이고, 으르렁거리고, 새된 소리를 지르더니, 이윽고 목청껏 외쳤다.

사랑해요 사랑해요 사랑해요

그리고 아이들의 목소리는 바로 그들 어머니의 삶과 노래*였다. 미완인 채로 남아 있다. 아름답다. 이 모든 것이.

---

* 테스 휴스의 『까마귀』 부제는 '까마귀의 삶과 노래 중에서(From the Life and Songs of the Crow)'이다.

슬픔의 삼면화

영국의 소설가 맥스 포터의 데뷔작 『슬픔은 날개 달린 것』은 아내 혹은 엄마의 갑작스런 죽음을 맞이한 가족들이 어쩔 줄 몰라하는 상황에서 시작해, 마침내 그녀와 진정한 작별 의식을 치르게 되는 마지막 장면에서 말 그대로 '폭발하며' 끝이 나는 작품이다. 맥스 포터는 여섯 살 때 불의의 사고로 아버지를 잃었는데, 그 이후의 시간들을 떠올리며 이 작품을 써나갔다고 한다. 그 때문일까. 원서 기준으로 백여 페이지에 불과한 이 작품은, 그러나 매 페이지가 산문시를 방불케 할 만큼 풍부한 공백과 울림을 담고 있어서 이따금 책을 덮고 거기 스민 슬픔의 흔적들을 잠시 더듬어보게 한다.

이런 책의 말미에 '옮긴이의 말'이랍시고 군더더기를 다는 것은 독서의 여운을 방해하는, 어떤 의미에서 지극히 반反문학적인 행위일 줄로 안다. 침묵 속에 여운을 이어나가고픈 독자들은 이 글을 읽지 말고 여기서 그만 책을 덮어야 마땅할 것이다. 하지만 『슬픔은 날개 달린 것』의 다소 생소한 형식과 낯선 소재들로 인해 혼란을 느꼈을 독자들도 없지는 않을 것 같다는 우려 아닌 우려에, 혹시나 작품 이해에 도움이 될 수도 있을 만한 말을 간략하게 덧붙이고자 한다.

에밀리 디킨슨에 대하여

그간 해온 여러 인터뷰에서 쉽게 짐작해볼 수 있듯이, 맥스 포터는 어딘가에 늘 '사로잡혀 있는' 사람이다. 그가 심하게 사로잡혀 있는 대상들 가운데 하나가 에밀리 디킨슨이다. 어느 정도인가 하면 한 인터뷰에서 "나는 에밀리 디킨슨에 대해 생각하고 있지 않을 때가 없다"라고 당당하고도 자랑스럽게 밝힐 정도다. 『슬픔은 날개 달린 것』이라는 이 책의 제목 또한 에밀리 디킨슨이 쓴 유명한 시의 첫 구절 "희망은 날개 달린 것—("Hope" is the thing with feathers—)"에서 따온 것이다(디킨슨은 원래 자신의 시에 제목을 달지 않았으므로 이 구절을 시의 제목으로 오해해서는 안 된다).

『슬픔은 날개 달린 것』은 그러나, "희망은 날개 달린 것—"으로 시작하는 시 대신 "사랑은 이 세상의 모든 것"으로 시작하는 디킨슨의 또다른 유명한 시를 인용하며 시작된다. 사랑은 이 세상의 모든 것이지만 우리는 어쩔 수 없이 한계를 지닌 존재들이므로, 우리가 겪은 사랑의 무게는 오직 그 사랑이 지나가고 난 뒤에 남은 자국의 깊이로만 가늠될 뿐이라는 시.

처음 『슬픔은 날개 달린 것』을 펼치고 이 시를 읽었을 때는 왜 이 시가 인용되어 있는지 의아할 수도 있겠다. 혹은 희미한 삭선이 그어진 단어들 위에 적힌 '까마귀'라는 단어에만 눈길이 갈 수도 있겠다. 하지만 책을 다 읽고 나서 다시 처음으로 돌아와 이 시를 읽으면, 사랑했던 사람을 떠나보내고서 뒤에 남겨진 사람들이 겪을 슬픔을 표현하는 데 이 시보다 더 적절한 인용구는 없을 것 같다는 생각이 든다. 마치 이 책 전체가 이 시에 붙여진 하나의 길고 사려 깊은 주석처럼 느껴질 만큼, 맥스 포터가 얼마나 에밀리 디킨슨의 '덕후'인지가 소름 돋을 정도로 디테일하게 느껴질 만큼.

테드 휴스와 '까마귀'에 대하여

방금 말했다시피 디킨슨의 저 시는 온전히 인용되어 있지 않다. 시의 각 행에서 가장 중요한 명사들인 '사랑Love' '짐freight' '바큇자국groove' 등이 모조리 다 '까마귀'로 수정되어 있는 것이다. '날개 달린 것'인 까마귀, 어찌 보면 이 책에서 가장 중요한 존재일 까마귀는 이렇게 본문이 시작되기도 전에 인용문을 교란하는 방식으로 책에 머리를 들이민다. 즉 서구의 옛이야기나 신화에서 질서를 교란하거나 규범을 파괴하는 존재로 등장하는 전통적인 트릭스터trickster의 모습으로.

그런데 그 많은 동물들 가운데 왜 하필이면 까마귀인 것일까? 과거에 맥스 포터를 사로잡았던 대상들 중에는 영국의 계관시인이었던 테드 휴스, 특히 테드가 첫번째 부인 실비아 플라스의 죽음 후 긴 침묵 속에서 완성한 걸작 시집 『까마귀』도 있었다. 그는 자신이 한마디로 "『까마귀』 광"이었으며, 그것에 너무 심하게 사로잡힌 나머지 『까마귀』와 관련된 글이나 책이라면 모조리 다 구해서 읽었을 정도라고 말한다.

테드 휴스와 '까마귀'가 『슬픔은 날개 달린 것』에 끼친 영향은, 맥스 포터가 아버지를 잃고 겪은 슬픔과 더불어 이 책의 또 다른 한 축을 이루고 있다고 해도 과언이 아닐 만큼 지대하다.

어떤 의미에서 『슬픔은 날개 달린 것』은 일종의 '팬픽'은 아닐까 하는 생각이 들 정도다. 일례로 테드 휴스에 늘 따라붙는 이름인 실비아 플라스가 작품 속에 등장하는 방식을 한번 보라. 소설에 등장하는 '아빠'는 테드 휴스 연구가이며, 실제로 테드 휴스가 그랬던 것처럼 아내와 사별한 후 (아마도 치유의 방식으로) 뭔가를 쓰고 있는 남성이다. 그런데 이 남자가 아내와 사별한 후 처음으로 관계를 맺는 여성은 무려 실비아 플라스 연구가다. 실비아 플라스와 테드 휴스에 얽힌 사건들을 알고 있는 독자들이라면, 그 둘이 성관계 후 "그동안 우리가 읽은 것들 가운데 실비아나 테드가 쓴 것이나 그들에 관해 쓴 것을 제외한 모든 글들에 대해 이야기를 나누었다"라고 하는 대목에서 실소를 터트리지 않을 수 없을 것이다.

삼면화三面畵, triptych에 대하여

맥스 포터는 숫자 3과 삼면화에 사로잡혀 있는 사람이기도 하다. 따라서 『슬픔은 날개 달린 것』이 삼면화의 외양을 갖출 수밖에 없는 것은 어떤 의미에서 전혀 이상하지 않은 일이기도 한데, 어쨌든 저 까마귀의 등장으로 인해 이 작품은 '아빠' '아이들' '까마귀'의 시점으로 번갈아가며 진행되는 삼면화 구조를 갖추게 된다. 그런데 삼면화란 대체 무엇이며, 왜 꼭 삼면화여야만 하는 것인가?

맥스 포터는 까마귀의 목소리를 빌려 이렇게 설명한다. "삼면화란 절대 멈출 수 없고 멈춰지지도 않는 것"이라고. 삼면화는 도무지 끝나지 않는 무엇이다. 좌우와 중앙이 있긴 하지만, 어디가 시작이고 끝인지는 정해져 있지 않다. 우리의 시선이 가닿는 데가 시작이고 시선이 멈추는 곳이 끝일 뿐. 그리하여 삼면화에서의 시작과 끝은 늘 유동적이다. 이런 삼면화적 이야기의 흐름 속에서는 자연히 어떤 음악적 리듬이 생겨나게 된다. 그리고 그 리듬에 몸을 맡긴 채, 각 그림은 마치 '텅 빈 형판型板, template'처럼 어떤 자유로움을 허락받게 된다. 슬픔과 그것에 대처해나가는 인물들의 묘사는, 그러한 자유로움에 힘입어 슬픔과 애도를 다루는 작품에 흔히 따르기 마련인 클리셰와 감상주의에서 벗어나게 된다.

맥스 포터는 열일곱 살 때 런던의 헤이워드 갤러리에서 열린 〈프랜시스 베이컨: 인간의 육신〉 전시회에 갔다가 한 삼면화를 보고는 인생에서 손에 꼽을 만한 예술적 경험을 했다고 말한다. 그 매혹의 순간을 기록한 에세이 「변기 위에서의 죽음Dying on the Toilet」을 그는 〈파리 리뷰〉에 발표했는데, 거기에서 다음과 같이 적고 있다.

> 엄마는 나를 〈삼면화, 1973년 5월~6월〉 앞에 남겨둔 채 자리를 떴다. 한 시간 후에 돌아온 엄마는 내게 왜 아직 거기 있느냐고 물었다. 움직일 수가 없었다고, 나는 대답했다. 나는 유리 뒤에 있는 그 커다란 세 점의 그림을 이해할 수 없었다. 나는 거기서 대체 무슨 일이 벌어지고 있는 건지 이해하기 전까지 그 자리에서 움직이길 거부했다.

삼면화가 그렇듯, 슬픔 또한 쉽게 이해되는 게 아니다. 특히 어떤 본질적인 슬픔의 경우에는 더더욱. 『슬픔은 날개 달린 것』 속 까마귀는 우리를 삼면화 앞에 세워놓은 다음 이렇게 말한다. "이제 왼쪽에서 오른쪽으로 가볼까? 좋았어. 이제 오른쪽에서 왼쪽으로. 좋았어. 이제 전부 하나씩 살펴보면서 하나 둘 셋 차례대로 이동해볼까?"

본질적으로 완결되지도 완성되지도 않은 슬픔을 이해하기 위해, 우리는 계속해서 이리저리 오가며 그것을 이러저러한 방식으로 이해하려고 노력해볼 수밖에 없는 것이다. 마침내 슬픔이 날개를 펼친 채 날아가려는 시도를 하는 모습 앞에서, 놀랍게도 강렬한 카타르시스를 느끼게 되기 전까지. '카타르시스'라는, 이제는 너무도 흔한 표현이 되어버린 이 말이, 갑자기 세상 그 무엇보다 진실된 의미와 크기로 육박해와서 우리에게 눈물과 해방감을 선사해주기 전까지.

번역에 대하여

『슬픔은 날개 달린 것』을 번역하면서 가장 까다롭고도 재미있었던 부분은 당연하게도 까마귀 파트였다. 맥스 포터가 만들어낸 까마귀는 감각적이고도 즉흥적인 묘사와 말장난에 능하며, 특히 스타카토로 딱딱 끊어지는 의성어와 비속어를 사용하길 즐긴다. 몇 가지만 예를 들면 "flack, gack-pack-nack" "rot-yot-kot" "haha krah haha krap" 같은 의성어들과 "hats, maps, traps, books, rooks, creeks, peek in my beaks in my……" 처럼 각운을 맞춘 말장난들. 사실상 번역을 허용하지 않는, 직역하는 즉시 오역이 되어버리는 이런 소리 중심의 말들을 옮기기 위해, 역자는 늘 저자의 의도를 염두에 둔 채 매번 새로운 말들을 만들어낼 수밖에 없었다. 위에서 예로 든 표현들은 각각 "펄럭, 훌럭-쿨럭-털썩" "웩-퀙-퀘" "하하 까악 하하 꺼억", (각운의 종류와 개수까지 감안해서) "모자, 과자, 의자, 오소리, 갈

고리, 매부리, 내 새부리 속 개구리 속……"으로 옮겼다.

그리고 까마귀가 신문 가판대에 낸 광고 'Nappy Valley: And Beyond!'처럼 옮기고 각주를 달아야 마땅하겠으나('내피 밸리'는 런던의 중산층들이 사는 특정 지역을 일컫는 말이다), 그렇게 하면 한국의 독자들에게는 너무 딱딱하게만 느껴질 것 같은 경우들도 있었다. 이런 경우에도 "기저귀 갈이부터 목욕까지, 맡겨만 주세요!"처럼 완전히 새로운 문장을 만들어냈다. 여담이지만, 번역을 하면서 종종 참고한 프랑스어, 독일어, 이탈리아어, 스페인어 판본들 가운데 '내피 밸리'라는 말을 그대로 가져온 것은 독일어 판본이 유일했고, 다른 판본들은 모두 광고 문구를 새로 만들어낸 것을 확인할 수 있었다. 역자로서는 이런 다소 과감한 선택이 옳은 결정이었기를 바랄 뿐이다.

마지막으로 번거로운 부탁에도 불구하고 『슬픔은 날개 달린 것』의 여러 판본들을 구해주신 문학동네 편집부, 맥스 포터를 한국에 처음으로 소개할 수 있게 해주신 이현자 선생님, 그리고 세심하고도 정성스러운 편집으로 원고를 훨씬 자연스럽고 정확하게 다듬어주신 이봄이랑 선생님께 특히 감사의 말을 전한다.

황유원

지은이 **맥스 포터**
2015년 발표한 첫 소설 『슬픔은 날개 달린 것』으로 딜런 토머스 상(2016)과 선데이 타임스 올해의 젊은 작가상(2016)을 수상했다. 2019년 출간된 두번째 소설 『래니』는 부커상과 웨인라이트상 후보에 올랐으며 고든 번 상 최종 후보에 올랐다.

옮긴이 **황유원**
서강대학교 종교학과와 철학과를 졸업했고 동국대학교 대학원 인도철학과 박사과정을 수료했다. 2013년 문학동네신인상으로 등단해 시인이자 번역가로 활동하고 있다. 시집으로 『세상의 모든 최대화』 『이 왕관이 나는 마음에 드네』, 옮긴 책으로 『모비 딕』 『밥 딜런: 시가 된 노래들 1961-2012』(공역) 『예언자』 『소설의 기술』 『올 댓 맨 이즈』 『밤의 해변에서 혼자』 『시인 X』 등이 있다. 제34회 김수영문학상을 수상했다.

문학동네 세계문학
슬픔은 날개 달린 것

1판 1쇄 2020년 3월 6일 | 1판 2쇄 2020년 3월 25일

지은이 맥스 포터 | 옮긴이 황유원 | 펴낸이 염현숙
기획 이현자 | 책임편집 이봄이랑 | 편집 윤정민 이현자 | 모니터링 이희연
디자인 윤종윤 이원경 | 저작권 한문숙 김지영 이영은
마케팅 정민호 정진아 함유지 김혜연 김수현
홍보 김희숙 김상만 오혜림 지문희 우상희 김현지
제작 강신은 김동욱 임현식 | 제작처 한영문화사(인쇄) 신안문화사(제본)

펴낸곳 (주)문학동네
출판등록 1993년 10월 22일 제406-2003-000045호
주소 10881 경기도 파주시 회동길 210
전자우편 editor@munhak.com | 대표전화 031) 955-8888 | 팩스 031) 955-8855
문의전화 031) 955-8896(마케팅) 031) 955-1929(편집)
문학동네카페 http://cafe.naver.com/mhdn | 트위터 @munhakdongne
북클럽문학동네 http://bookclubmunhak.com

ISBN 978-89-546-7066-1 03840

잘못된 책은 구입하신 서점에서 교환해드립니다.
기타 교환 문의: 031) 955-2661, 3580

www.munhak.com